河畔散歩

松田宏

文芸社

河畔散歩◇目　次

四季の装い 7

地域の中で 45

晩年の歩み　109

こころ深く　159

四季の装い

庭の林

四十代の半ばを過ぎたとき、清水の舞台から飛び降りる気で自分の部屋を造った。何の装飾もない部屋だが、窓には障子戸を入れた。

南側の障子には、窓の外の山茶花《さざんか》の生け垣が影絵となって映る。冬至から春分の日あたりまでは、この影絵が楽しめる。ほんのりと花のピンク色までが映るのだから。

三本の山茶花の中で一番太い木は、四十五年も前に共働きのため幼い長男を預けていたSさん宅からいただいたものだ。Sさん宅を改築する際、私がもらい受けて我が家に植えたのだった。Sさんのご主人は他界されたが、家族の皆さんとは親戚のような繋がりが今も続いている。

この生け垣の南側が三坪ほどの林となっている。林――。何本かの木々が何の配慮もなく混在している雑木林だ。私の部屋を増築するとき、建築屋さんが庭にあった木々を道路側へ寄せ集めてくれた。――とりあえず仮植えで置きます、と言った建築屋さんの「とりあえず」は、結局そのまま木々の終の棲家となって現在に至ってしまった。後年植えた木を加えると十本余りになるが、よくもまあ、文句も言わず枯れもせず、争う形跡もなく生き永らえてきたものだ。

中央の銀杏。幹回りは五十センチを超す。濃緑の葉を全身にまとって大団扇をかざしたように四方へ広げている。その頂は電話線に触れている。梅雨の明けたこれから、強烈な光を吸収して「緑のよしず」となる。

我が人生の師、静岡市で塾を開いていたM氏が、鉢植えにしていた銀杏の一本を持ってきて植えてくれたのだが、もう四十四、五年も経つ。五年前に八十歳で亡くなったM氏とは、終生繋がりを持ったが、何よりも文章を書く世界へ導いてもらったことが私の人生の支えとなった。

秋には、たくさんの黄葉が山茶花の垣根に降りかかり、狭い通路にも散り敷いて、黄色の回廊が玄関まで続く。

その銀杏のすぐ隣に我が物顔で、銀杏と同じほどの太さの金木犀《きんもくせい》が繁っている。枝分かれをして広がってきているが全体の丸みを崩さずに広がりを保っている。庭木には是非とも木犀の木をと思って、私が苗木を植えたのだった。

私の育った田舎の生家の裏庭に、金木犀と銀木犀の大木が並んでいた。金木犀の方がやや早く、少し遅れて銀木犀が、清澄な秋日和の中に別世界から送られてきたような香りを放っていた。幼い頃から毎年この香りに包まれているうちに、木犀は親しい香りの木となった。

我が雑木林の中の金木犀も、銀杏の葉の散る二週間ほど前に懐かしい香りを漂わせる。

銀杏と木犀とに肩を並べて、すらりと伸びているのが木蓮《もくれん》だ。去年の秋に思い切り短く枝打ちをしたために花こそつけなかったが、初夏のあたりから伸び始めた枝に葉がつき、今では、これまた電話線を脅かしている。木蓮もまた遠い記憶につながっている。

生家の仏壇に毎朝お茶を供えるのは子どもの私の日課だった。昼でも薄暗い仏間に掛かっていた掛け軸に、墨で描いたような木蓮の一枝と花があった。花には薄紫の色が施してあり、私は本物を思わせるその素朴な絵に惹かれた。庭に木蓮が欲しいと思ったのも、元を辿れば子どものときの印象に行き着く。

木蓮の手前には、一メートルほどの高さの杭が、切り口を黒くして孤立している。杏子《あんず》――。あまりに枝ぶりが我がままで、車庫の屋根上まで広がったので、五年前に幹を一メートルほど残して切ったのだが、幹の横から伸びかけていた枝がいつの間にか消えて、幹も枯れていくようだ。剪定の知識を持たぬ私が、一気に切り過ぎたのだ。憧れて手に入れた木だけに惜しまれるのだが……。

高校二年生のとき、魂を奪われながら引き込まれた室生犀星の小説と詩――。その詩にあった言葉、――あんずよ花着け、あんずよ燃えよ、ああ、あんずよ花着け。犀星の孤独感と春を待つ切実感とが私の内に刻印されてしまったのだった。

庭の杏子は、待ちこがれるような花もつけなかった。堅い実が数個なっていたくらいで、私には抱いていたイメージと実物とがしっくりこなかった。杏子は、やはり犀星の育った北の国に合うのだろう。

北国の木といえば、春を告げる辛夷《こぶし》にも魅力があった。どこで買ったか忘れてしまったが、確かに辛夷として買ったはずなのに、六弁の白い花をつける木ではなかった。

何回か切ったが、私の背よりやや高くなった枝に、二月の末あたりから蟹の足のような形をした柔らかい花弁をおずおずと伸ばす。白に薄く赤紫の滲んだ花は、確かに春を告げてくれるが、何とも遠慮がちな木だ。それに味をしめてか、鵯《ひよどり》が開き始めた花弁を啄《ついば》んでしまう。

林から枝をはみ出している二本。一本は柚子《ゆず》だ。暑い日照りの中で健気《けなげ》にも深緑の実を固く縮こまらせている。ざっと見ただけで二十個ばかりはある。用心深く身をガードしながらそれぞれが香りを醸成していくのだろう。醸成した香りを保つために、枝々は鋭く長い針で私の剪定鋏を拒むのは毎度のことだった。

私が柚子を好む訳は、やはり子どもの頃の習慣による。毎年冬至の日には隣の地区の知人の家へ柚子を買いに行くのもまた私の役目だった。大きな柚子は二個も風呂に浮かせれば十分だった。あとの実は家人が膾《なます》に入れたり、汁《つゆ》に浮かせたり、漬物にふりかけたりしていた。いつの間にか日常から離れた特別な香りとして私の嗅覚が記憶してしまったのだ。冬ざれの時季、淡い黄の灯が我が家の庭に点っていると、ほっと心が和む。

もう一本は、艶やかに照る濃緑の堅い葉で武装している椿。三月になると、直径が十五センチを超える大輪の花を沢山つける。その大輪をテーブルに置くと、見る人は一様に感嘆の声を上げる。花が重いため大きな花瓶を要するのだが、見応えがあるのだ。

知人の結婚式の記念品として、三十センチに満たない苗木をもらったのだが、花をつけ始めて三十年は経つというのに、まだまだ枝は伸びるし花は増えていく。

これらの幹の下には、一月の水仙の一群が清楚な笑みを湛え、次に少し遅れて、年々蔓延《はびこ》っていく山吹の花が顔を覗かせる。木瓜《ぼけ》の花に続いて雪柳と五月つつじの白がちりばめられると、雑木林もどうしてどうして華やいだ花園と化す。

仮植えの木々が織りなす四季の林――。七月末の今、山茶花の垣根を伝う山芋の蔓にむかごが、昼寝でもしているように五、六個ついている。

お茶の味

私が高校生までを過ごした兵庫県北部の但馬地方では、日常的にお茶と言えば、薬缶から注ぐ茶色か焦茶色のものだった。急須を使っている家があったのかも知れないが、農家では黒くなった大きな薬缶から注いでいた。そのお茶は、こんろに薬缶をかけて煮立てたものだった。ガスこんろの時代になっても、この習慣は続いていた。

農作業の繁忙期には、薬缶いっぱいに茶を煮立てておいて、それを提げて田や畑に持っていった。

こうした生活が日常だったので、お茶を沸かす、という言い方が毎日のように遣《つか》われた。――朝は一番にお茶を沸かさんと、とか、――早う帰ってお茶を沸かしといて、というように。

畑の隅や石垣に茶の木が植えてある家もあった。私の家も畑の石垣に十株ばかり茶の茂みがあり、初夏に家人は、その茶の葉を摘んで家で揉み上げて一年分のお茶を作っていたように思う。家人が茶葉を買った記憶は、私には残っていない。

小学校の高学年から中学生にかけては、毎年春先になると、遠足を兼ねて野の道を三、四十分ほど歩いて茶摘みに出掛けた。小学生のときは九十人ほどで行き、中学校では二百五十人ほどの生徒が学年ごとに出掛ける行事だった。

茶摘みとは言っても、毎年目的地は同じで、藤の蔓の生い茂る野原へ行って、その一帯に伸び始めた柔らかい藤の葉を摘む作業なのだ。私たちは空にした鞄に藤の葉のついた蔓を詰め込んで学校へ持ち帰った。

学校では、業務員の小母さんや女の先生たちが、手で揉んで藤のお茶を作った。

数日後から昼食事に「藤茶《ふじちゃ》」が出されたが、先生の湯呑みに注がれた藤茶の色は、絵で見るような美しい黄緑だった。味らしい味はしなかったが、私たちは弁当箱の蓋にそのお茶を注いで飲んだ。こうして、学校では、一年を通して藤茶を飲んでいたのだろうが、その記憶も定かでない。それほどに、大人も子どももお茶への関心はなかった。

私がお茶の香りや色合いに感動したのは、静岡県島田市の山間地の小学校に勤め始めた二十二歳のときだった。

お茶を栽培している家が多い地域だったので、学校で使う茶葉は、地域からの寄付によっていた。職場で毎朝いただくお茶は、急須から注いだ黄緑色、表面に産毛のような細かい粒子が光り、馥郁《ふくいく》たる香りとともに口に広がる柔らかい渋味――、これぞまさにグリーンティーと、私は心底、その色と香りと味に魅了された。さすがに茶所、薬缶で煮出した茶色いお茶とは雲泥の差だった。

それゆえに毎日グリーンティーを飲むことのできる幸せを有り難く思った。この思いは今も変わらない。

グリーンティーの味に慣れた四十代半ばの頃だった。鳥取市に住む叔母が亡くなった折、寺の小部屋で住職が親族五、六人にお茶を淹れてくれた。盃のような茶器で差し出されたお茶を一口飲んだ私は、驚きの声を抑えた。——これはお茶の味か……。甘味と渋味がほどよく混じって口の中に滲んでいくのだ。——おいしい。この風味は生まれて初めて経験するだけに、私は胸を、いや舌を打たれた。

どのような茶葉なのか、淹れ方はどうするのか、当時の私はそこまでの関心はなく、ただただ、珍しくおいしいお茶に出会っただけだった。いつの間にか、寺のこともお茶の味も忘れてしまった。

後年、六十歳前の頃だったか。先輩の宮原さんを静岡市内の自宅に訪ねた。いつもはすぐに酒の支度をしてくれるのだが、その日は珍しくお茶を淹れてくれた。私は、——酒の前座にお茶一杯、などと言って一口飲んだ。ところが、その一杯が鳥取の寺でのあの味を呼び覚ましたのだ。甘味が渋味を包み込んだ円《まろ》やかさが、霞のように口の中に広がって——。

私は急須の蓋を取って中を覗かせてもらった。縫い針のような茶葉が、ゆっくりと生き物のようにごくごくわずかに身体を解《ほど》いていくではないか。目を凝《こ》らしていないと見逃してしまいそうなわずかな動きだ。一つがくるりと解けると、また他の一つが解けていく——。

——お茶の、あの味はこうして出てくるのか。

私は一大発見をした思いで、急須の中の演出を眺めたのだった。

それからだ。私がお茶の甘味を味わう優雅な方法と時間を持つようになったのは。折しも全国的にスローライフが提唱されていたときだったので、朝のひとときを一杯のティータイムとして忙《せわ》しい日常からの脱却を図ることにした。

起床すると第一に湯ざましの器にポットから湯を注いでテーブルに置いておく。雨戸を開けたり、洗顔をしたり、新聞を取ってきたりしているうちに、朝食となる。テーブルに着くと、急須に茶葉を入れ、湯ざましを少し注ぐ。待つこと二分半から三分。その間に新聞の分厚い広告を処理することもある。

妻と私と仏壇用の三つの湯呑みに、急須からお茶を注ぐ。分量は茶碗の底にごくわずか。最後の一滴までを注ぐ。舐めるようにしてそのお茶をいただく。薄い黄色のときもあれば薄茶色のときもあるのだが、決め手は甘味があるかどうかだ。甘味のうちにわずかな渋みも感じられる——、これが私の最もおいしいと感じる味だが、同じ茶葉を用いながら、味は日替わりだ。茶葉や湯の分量、待つ時間、湯の冷め具合と、条件が揃ったときに、満足できる味が醸《かも》し出されるのだが、そのためにはいささかの心の準備を要する。心を整えるとまではいかないが、この瞬間も悪くはない。

近頃は、一杯目のお茶に甘味が出せればよしと思っている。茶葉がいいと、二煎目も渋味の中に甘味が残る。私の家で日常使っている茶葉は普通の深蒸し茶なので、二煎目には甘味が消えて渋味が強くなる。

煎茶を淹れる湯の温度は、四十度くらいとされているようだが、私は勝手に水に近いほどでもよいと思って淹れている。

淹れ方に詳しい人から、氷で出す方法を聞いたことがあった。その方法を試してみたら、これまた何とおいしかったことか——。甘味と渋味と苦味とが渾然一体となってトロリと舌を滑るのだ。この世にこれほどの妙味があるのかといたく感激した。

淹れ方はごく簡単だ。茶漉《こ》しの中に茶葉を入れ、その上に氷を乗せて一晩冷蔵庫に入れておく。翌朝には、容器にわずかなお茶が溜っている。

この淹れ方は、夏に適しているが、私は思いついたときに気ままに楽しんでいる。

このようにして茶所に暮らす自分は、毎日グリーンティーを口にして、朝のスローライフでまろやかなお茶を味わっている。この味を地方に伝えたいと思い、二十年近く行われている小学校時代の同級会に、茶葉と急須を持参し始めた。参加する同級生は、皆かつて薬缶で煮出した焦茶色のお茶を飲み、野原の藤の葉を摘んだ仲間だ。

三々五々、会場の旅館に着いた同級生に、湯呑み茶碗の底にわずかの分量のお茶を淹れてサービスする。久々に会う面々は、互いに近況を伝え合って賑やかなこととこの上なしの状態なので、お茶に気を留める同級生は少なかったが、——今年もこの味がいただけるのか、と楽しみにしてくれる友だちも現れてきた。

私は、黙ってお茶を置くだけなので、ゆっくり味わう同級生は多くない。二十余人が毎年顔を揃えるのだが、女性の部屋へは、誰かが運んでくれるに過ぎないので、反応はごく少ない。やはりお茶は小人数でゆったりとした場で味わうべきかと思っている。

同級会の帰りには、必ず実家のあった地区に立ち寄り、実家の近くに住まわれている茂子先生を訪ねる。先生は私の小学校時代、担任ではなかったが、私はしばしば声をかけていただいた。今年九十二歳。独りで生活されている。近くに嫁がれている娘さんが絶えず来られてはいるらしいが。

実家の隣に住む同級生の敦子さんとともに先生のお宅に伺い、私は我が家の朝の要領でお茶を淹れて、先生に飲んでいただく。

――甘《あも》うて、口の中がとろけるようやわぁ。

白髪の先生は、天井を仰いで目を閉じたまましばらくじっとされている。

――この味、去年も味わったなあ。今年もいただけて幸せ。

昨年のここでのティータイムを先生は思い出されたようだ。同級会で一緒だった敦子さんもここではゆっくりと味わってくれている。

一杯のお茶が一日の生活に彩りを添えるとしたら、これは人生の細《ささ》やかな幸せではないか――。今夜も、寝る前に明日の朝に備えて湯呑み茶碗と急須とをテーブルに伏せて置いておく。

木瓜《ぼけ》の季節

暮れの大掃除の終わりに玄関の戸を拭いていると軽トラックが止まった。農作業の途中なのだろう、池野さんが地下足袋姿で降りて来た。

――梅林の手入れをしていたらこれが伸びてるもんでさぁ。一枝《ひとえだ》持ってきてみたけぇが……。

差し出された木瓜の枝は、一メートル半ほどもある長いものだった。

――正月飾りの邪魔になるけぇが、置いといてみてやぁ。

大きな声とともにエンジンのかかったままの軽トラックに乗って池野さんは忙《せわ》しく帰っていった。

妻が大きな花瓶を玄関先へ出して、その枝を活けた。玄関に位置を占めた十数本の小枝には、小豆か大豆ほどの莟《つぼみ》が無数に付いている。どの小枝にも、錐先《きりさき》のような長い棘《とげ》が何本か外を向いている。それらの棘は、外敵を寄せつけないために防御しているかのようだ。

池野さんは、ここから車で五分ほど奥に入った地区で、自宅の裏山に梅を作っており、梅雨の頃に青梅の粒を揃えて出荷している。お父さんが亡くなられて十数年たつが、お父さんは毎年、立春の前に白梅と紅梅の枝の束を市内の公共施設に配っておられた。その伝統を継いで池野さんも春の使者の役割を果たしている。私の家へも例年早咲きの白と紅の梅の枝を届けてもらっているが、木瓜の枝をいただいたのは初めてだ。

我が家には庭にも木瓜があるので、玄関の枝にはあまり関心も払わないままに新年の日々が過ぎた。

やや気温の緩んだ十日過ぎの早朝、新聞を取りに出た私は突っ掛けた下駄を止めた。立てかけた木瓜の枝の上部に二つの淡いピンクの灯が点っているではないか――。淡紅色の五弁の可憐な灯――。二つはそれぞれ別々の枝に咲いているが、一番先に咲いたことを誇ってでもいるように花弁が張りつめている。枝々に付いている沢山の莟も膨らんできて、黄緑の襟に包まれたその先端が紅《くれない》に色づいているのもある。

私の声を聞いて出て来た妻も感嘆の声を上げている。確かに二輪は私たちの胸にもポッと小さな明かりを点したのだった。

私たちは、枝の莟が膨らんできたことは目にしていた。しかし、花が咲くことはないだろうと思い込んでいた。水だけでそれほどの力は出せないだろうと。この後は何とか吸い上げた水によって、わずかな花を咲かせるかも知れない。それまでだろう。葉の新芽も全く見えないし……。

ところが、いったん開花し始めた枝という枝には、合図でもしたように次から次へと花が開いていくではないか。棘の基には、窮屈そうに二つも三つもの花が咲き競っているのだ。

お陰で二月の玄関が明るい。家の中からも、ガラス越しに玄関が華やいで見える。

私は以前から、木瓜をボケと呼ぶことに馴染めなく疑問も抱いていた。花に不似合いな呼び方だと。春を告げる明るい花だから、それに相応しい名があってもよさそうなものだと思っていた。

調べてみた。「木瓜《ぼくか》が転じて木瓜《ぼけ》と呼ばれるようになった」とあったのですぐに納得できた。「四月頃、葉に先立って花を開く」ともあったが、我が家の庭の木瓜は二月半ば頃から咲き始めるので、早い品種でもあるのか……。また、花と葉も同時くらいに開いているので、葉に先立つとも言えないようだ。「香篆《こうてん》木瓜」、「緋《ひ》木瓜」、「淀《よど》木瓜」、「白《しろ》木瓜」と種類が多いとも説明されているが、種類によって葉や花の付き方も異なるのだろう。

さて玄関の木瓜。確かに葉が出ていない。が、よく見ると、最上部の枝に米粒ほどの黄緑の点が三つ四つと遠慮がちに覗いているものの、それ以外の枝には見当たらない。付いているのは日ごとに膨らむ多くの莟と、我が世の春とばかりに咲き並ぶ花々だ。

三月の声を聞いた。いつの間にか庭の木瓜には小さいけれどもびっしりと葉が出ており、それらの葉と場所を競うように緋色の花々がひしめき合っている。こちらの木瓜は、葉と花の成長が同時に進行していくようだ。

庭の木瓜は、山茶花の植えこみの間に生えているが、三十年以上も前に私が苗木を買って植えたものだ。以来、毎年冬の寒気を和らげてくれる暖かい花として愛でてきた。伸び過ぎた枝は、切っても切っても向きを変えて必ず伸びてくる。その向きの変え方が滑稽だ。弓なりにしなやかに伸びるのではなく、金尺を当てたように角張って伸びてくる。スマートな枝ぶりとは縁遠い。何年もこうして変形してきた武骨な枝々が盛り上がるように咲く緋色の固まりの陰に隠されてしまうのが、ここ一か月ほどの間だ。

三月半ば、一雨ごとに暖かくなる。池野さんがいつものように軽トラックのエンジンをかけたまま降りて来た。

——茶畑の畦に出ていたでさ。今なら柔らかいよ。

その手には一握りの蕨《わらび》があった。青黒くふっくらとしたそれは一束の春だった。お礼を言ってから、私は花瓶の木瓜を指さした。

——咲いたねぇ。こりゃあ長くもつでさぁ。

——うちじゃあ池野家の木瓜にはびっくりしているよ。

——梅も切った枝に花が咲くけぇが、これみたく長かぁないでさ。

——一月十日頃から咲き始めたので、もう二か月以上にもなるねぇ。

——うちじゃあ彼岸過ぎでも咲いていたっけで。今に葉も出てくるよ。

大きな声を残して、相変わらず忙しくトラックに乗りこんだ池野さんだが、木瓜の寿命を承知の上で暮れにこの一枝を持ってきてくれたのだ。改めて、こんなに長い楽しみを運んでもらったことを有り難く思った。

彼岸の入りとなった。庭の椿や雪柳などが百花繚乱のときを迎えた。玄関に立っている木瓜もいっこうに弱る気配がなく、淡い紅の花を保ち続けている。百花の一つに数えよう。庭の木瓜は根を張っているので花が燃えており繚乱の最中にあるが、玄関の木瓜にはその派手さがない。十五センチほどの一本の枝をよく見ると、開いた花が一輪、開きかけた花が三輪、紅色を覗かせている蕾が四つ、黄緑色の小さな蕾が二つ。これらが開花するまでには、間違いなく彼岸過ぎまではかかるだろう。何とも楽しみなことではないか。

それにしても、ただ水だけで夥《おびただ》しい蕾を育んで花を咲かせる底知れぬ生命力が、この杖《つえ》のような一枝のどこに潜んでいるのだろうか――。驚嘆しながらも尽きせぬ興味をそそられている。真冬から春の到来する日まで、長い期間を衰えも見せずに逞《たくま》しく、でも静かに生き続ける木瓜の季節――。

瀬音

我が家の前、五十メートルばかりのところに短い橋があり、その下を浅い流れが葦《あし》を縫って流れている。古刹静居寺《じょうこじ》の傍を通って流れ下っているので静居寺川と呼んでいるが、至って水量の少ない小さな谷川だ。ごく稀だが、その谷を矢のように飛び去るカワセミを見かけることがある。

十二月も半ばを過ぎ、心忙しい時期となったが、午後の春のような日差しに誘われて谷川沿いの山道を歩いてみた。寺のあたりまではしばしば歩くのだが、そこから奥へは数回しか行ったことがない。

この道は、一帯の山の所有者か、林の中で椎茸を栽培している人が軽トラックやバイクで通る以外には、ほとんど人が通らない。一度だけ双眼鏡を手にしたバードウォッチングをしている人に出会ったが。

杉や檜の林の鬱蒼とした中に入っていくと、一瞬切り裂くような鳥の声が響いた。後は不気味なほどに静まりかえる。冬枯れの背丈の高い草々が道端に続き、互いに寄りかかって眠っている。

緩やかな坂道をゆっくりと上って行くと谷はなお深くなり、流れは岩に隠れた。数本の丸太を組んだ橋を渡ったときだった。

——聴こえる……。

囁くような瀬音が下から響いてきた。微かな音だが、ちょろちょろと穏やかなリズムを刻んでいる。私は佇んで瀬音に聴き入った。煩瑣な日常から遮断された時間が静止していた。目の前の仄暗い林の中に椎茸の榾木《ほだぎ》が入母屋造りのように組まれて奥まで並んでいる。この瀬音と榾木——。遠くなった記憶が甦ってきた。

あの秋の日、やはりこのあたりだったか……、私は今と同じような瀬音を胸の奥深くで聴いたのだった。四十歳の頃だった。

静居寺の参道周辺の茶畑には、茶の花が俯《うつむ》きかげんに咲いていた。私は参道から谷川沿いの道に出て、初めて奥へ入ってみた。鬱屈した思いを引きずっていたときで足は重かった。

兵庫県北部の田舎に独りで暮らす祖母は八十八歳となり、認知症（当時この言葉はまだなかった）も進み、祖母の姪が遠くから週一度通ってくれていたが、もう独居生活には限界が来ていた。自分の育ての親である祖母を看るのは私の責任だった。が、私にも妻にも仕事があった。いよいよ施設の世話になるしか方法がないのだが、以前から祖母は頑として家から動こうとしなかった。強引に年内には施設への手続きを取ろう……。祖母の感情の炸裂を思うと、その決断も鈍りがちになるのだが——。

いつの間にか谷川は下方に隠れ、細い坂道はなお狭くなり、林は薄暗かった。私はその林に幽閉されたようだった。と、そのとき道の下の方から微かにせせらぎの音が上ってきた。私はその響きに吸い寄せられた。森閑とした中に御伽《おとぎ》の国から届いてくるような響きだった。林の中の梢木を見るともなく見ながら、心地よく胸に染み込んでくるその瀬音を全身で聴いた。

どれほどか経って、胸の底から一条の細い光が差してきた。やがてその光は言葉となった。

——祖母は今の家に置こう。世話をしてくれる人を姪と一緒に探そう。

天啓を得たように覚悟が決まった。久々に味わう爽快な気分になって私は踵《きびす》を返したのだった。

そういえば、安倍川でも浅瀬の音を聴いたことがあった。

私が車の免許を取ろうと思ったのは、四十三歳にもなってからだった。五十人近い中学校の職員の中で自転車での通勤者は私の外に年配の女性三人のみだった。今までは近距離通勤だったが、今後は遠距離通勤の準備をしておかねばならなかった。それに、出張も車で行くことが当然となっていたので、遅ればせながら時代の波に乗り遅れまいとも思った。

それまで私が車に関心がなかったのは、車に乗ると俳句や短歌が詠めなくなるという極めて勝手な理屈によっていた。車では、飛び交う紋白蝶や道端の土筆《つくし》に目を留めることがなくなり、句や歌を詠む感性は早晩衰えてしまうだろうと。それに車の便利さによって失うものも多々あるに違いないとも。

夏休み中に免許は取れるものと高を括《くく》って、八月から自動車学校に入った。私の観測は甘かった。自信喪失。実地訓練ではなかなか合格できず、八月末になっても行程の半分しか進まなかった。私には車は向いていないのだと思って免許取得を諦めた。退学を申し出ると教習所の上司が応援してくれた。

——大丈夫だから続けなさいよ。

——仕事も忙しくなり、夜は間に合いませんので。

——来れる日を決めてみてください。私が見ますから。

私は思い直して、本気になって夜の訓練を受けた。

九月、私の担当する学校行事も多く、教習所へ開始間際に駆け込んで訓練を受けた。帰宅後に遅くまで翌日の仕事の準備をして間に合わせなくてはならない日々が続いた。それ以上に困難を極めたのは、全国的に中学校が荒れる波をもろにかぶっていたことだ。生徒の家への訪問や警察署との連絡が連日のようにあった。

目まぐるしい中で、教習所の課程を修了し、九月末の日曜日に安倍川を臨む県の運転免許試験場へ行った。筆記試験を受けるためだ。

試験は午前中に終わり、午後の発表まで二時間近く待たなければならなかった。何もせずに過ごせる時間がある——。思いがけないプレゼントをもらったような気分のまま私は安倍川の河原に降りて行った。白い丸石を踏んで浅瀬の近くまで行き、石に腰を下ろすと両岸の堤が街を遮蔽して、遥かに上流にも下流にも続く白い河原が望まれた。

本流は五十メートルばかり向こうを流れているが、流れの音は聞こえてこない。昼食のおむすびを取り出して口に運んでいるときだった。柔らかい日差しの下に一筋の浅い瀬が音を奏でているではないか。瀬音の呟き――。それは長閑《のどか》な音楽となって、全身に溜まっている疲労の澱《おり》を洗い流してくれるようだった。長さ五、六メートルほどの浅瀬だが、石の間を縫って光のモザイクをちりばめながらちろちろと流れているその瀬を眺めながら、どれほどの間だったたか私は瀬音の世界に浸っていた。

瀬音は何事か呟きながら、私の心の底の澱をきれいさっぱりと運び去ってくれた。おむすびはいつになくおいしかった。私は立ち上がり両手を挙げて身体を伸ばした。瞼の裏がまっ赤に燃えていた。いつからか多忙な日々に喪失してしまっていた命の炎が粲然と甦った――。

合格通知を手に、私は重いコートを脱ぎ捨てたような身軽さを感じ、帰りのバスに揺られたのだった。

そのような遠い日に思いを馳せながら、私はあたりに冷気の漂い始めた坂道を下った。静居寺の黒く光る甍《いらか》が見えてくると道も平坦になり、谷川の流れも緩やかになって音もなく流れている。また一声、小鳥の鋭い叫びが静寂を破って谺《こだま》した。

注連縄《しめなわ》を作る

年末の作業を今年は早目に始めた。居間の電話台の下や洗面所の台の下の埃も拭き取って、一息入れながらお茶を飲んでいると、子どもの頃の歳末のあれこれが浮かんできた。薄暗い納屋で祖父に叱られながら注連縄を作ったこともあったな……。そう、あの頃は、どこの家でも注連縄は自分の家で作っていた。農家が多かったので、藁《わら》に事欠くことはなかった。

――今年は作ってみるか……。

ふと遊び心が蠢《うごめ》いた。が、すぐに冷めた。

――藁もないし、面倒だ。

お茶を注ぎ足したとき、消えかけた遊び心が覗き見をするように頭をもたげてきた。

――時間があるぞ。やれないこともないか……。

知人の池田さんに電話をした。稲を作っている人なので藁はあるだろう。

――珍しい話だね。誰が作るんだね。

池田さんは面白がっている。

――誰がって、名人ですよ。私。

大笑いをした池田さんは、手ほどきをしてくれる。

――お袋が藁に霧を吹いてさあ、そいつを、槌《つち》で軽く叩いてから綯《な》ってたよ。なんなら槌も貸そうか。

私の祖父もそのようにしたのだったか、全く覚えていない。何しろ七十年ほども昔のことだから――。

――肝心の藁は全部切り刻んで田んぼへ入れちまったんで、去年のしかないよ。

午後になって、池田さんが私の注文したわずか三束の藁を軽トラックで持ってきてくれた。

――俺も作ったことはないけえが、手伝わんでええかねえ。

笑ってはいるが、あんたにはできないだろうという疑惑の目だ。

――見事にでき上がった暁には、橙《だいだい》などいただきに行きますのでよろしく。

――たんとなってるでさ。いくつでも。

池田さんは、――期待してええもんかねえ、と呟きながらトラックに乗って帰って行った。

例年にない暖かい年末だ。次の日、車庫の狭い隅でまずは一束だけ藁の袴《はかま》を取ってしべ（芯の部分）だけにした。池田さんの指示通り霧吹きで水を吹いた。

小ぶりな飾りにするつもりで、一束の三分の一ほどのしべを分け取る。穂の部分を下にして、上の三分の一ほどのところを細い針金で縛って吊す。半分で一つの輪を作るので、それを三等分して三つ編みに綯っていく。ここは一人では手が足りない。妻の手を借りた。私が一握りを妻の手に送り、妻がもう一握りを送ってくる。と、徐々に三つ編みの縄ができ上がっていくのだ。

妻の役が、子どものときの私であり、妻に指図をしている私が、かつて手ほどきをしてくれた祖父である。七十年近くを経て、納屋と車庫の違いこそあれ、同じ形の注連縄ができていくことを、私は面白いと思った。

残り半分を同じように綯ってしまうと二本の細い縄ができ上がった。これを上下反対にして、二本の縄を眼鏡のような輪にして針金で留める。「輪飾り」のでき上がりだ。

――なかなかのできではないか。

私は目を細めた。

――白い紙飾りをつければ上できよ。

妻も満足そうだ。

調子に乗って四つの「輪飾り」を作り上げた。一つは我が家の玄関に、もう一つは長男の家へ、もう一つを高齢者の居場所に階下を提供している次男の家へ飾ることにした。残り一つは私の家の中に飾ればよい。

車庫を片付けて、できたばかりの注連縄を持って居間に入ると、妻が白い紙を折り目に沿って切っている。

――半紙をこう切ると紙垂《しで》が簡単にできます。はい、一つ。

妻はスマートフォンに、注連縄の紙飾りの作り方を聞き、画面が教えてくれた通りにしているという。紙飾りを紙垂ということもスマホの直伝だ。その紙垂は縄の中に押し入れるのだろうが私の手では無理だったので、不本意だったがセロテープで留めた。

我が家のすぐ前の杉林の中に裏白が群生しているので、毎年三枚ばかり持ち帰って小さな鏡餅に飾ってきた。今回はやや大きめのものを取ってきて注連縄に刺し込むと素人離れをした飾りとなった。よく見ると、左右の輪の大きさが揃っていなかったり、縄目に長短があったりするのだが……。

あとは橙を付けるだけだ。池田さんに電話をすると、玄関に切って置いてあるから勝手に持っていくようにとのこと。年末の仕事が忙しいらしく留守だった。私は四個貰って帰った。

さて、大晦日。汚れを拭き落とした玄関に、自作の注連縄を飾った。その注連縄には、裏白と紙垂に囲まれた橙の下に私の書いた「迎春」の金縁短冊が光っている。途端に新年が訪れた雰囲気となった。

元旦。長男の家族四人と次男が来て、例年のように新年を祝った。が、誰一人壁にある注連飾りを見る者がいない。もっとも毎年話題になったこともなく、私が勝手に買ってきた飾りを付けていると思っている。だが今年は、自分たちの眼前に立派な飾りが新年の雰囲気を見事に演出しているではないか――。

だが残念ながら、息子たちからは、私どもの苦心の作についての話題もないままに三箇日は終わった。

一月九日は、居場所として提供している次男の家に地域の高齢者が十数名集まる日だ。ボランティアも五人ほどが来る。新年初回日なので、私が注連縄を皆さんに見せて尋ねた。

――これは、この家の玄関に掛けてあったものですが、いくらだったと思いますか。

途端に部屋中が賑やかになり、千二百円とか九百六十円などと、予想の値段が飛び交った。賑やかさが少し納まったとき、私は大真面目に言った。

――家が代々栄える橙、裏白のように白髪になるまで長生きしてと願うこの注連縄、無料です。

真剣に聞いていた人々から一斉に驚きの声が上がる。ボランティアの一人が目を大きく見開いたまま言った。

――さっき玄関で、どこで買ったのかなあって思いながら見ていたんですよ。

私はいよいよ得意になって、車庫での一連の作業について話した。終わりに、

――今年十二月には、無料注連縄の注文を承ります。

冗談で締めくくり、笑い声の中で自作の無料注連縄を回覧した。

菜の花の柩

雨戸を繰ると、緑の田の向こうに横たわる堤に大きな二本の桜が、宙に白い煙のような固まりを作っている。六分ほど開いたようだ。桜の花の咲き具合は、二分、三分と開くほどに気分も明るくしてくれるようだ。

ゆっくりとした朝食を終えたとき、藤枝市に住む山根明子さんから電話があった。九十一歳の父親が昨夜遅く亡くなったという。入院されていることは明子さんから聞いていた。コロナ禍の中、家族でも面会の制限があり、その十五分が瞬く間に過ぎてしまうとも。

明子さんは、島田市内の中学校に国語の教師として勤めているが、初任校は島田市K中学校だった。私も、二回目のK中学校勤務だったので三年間をともに勤めた。

その三年間、中央廊下の壁に、一〇〇号ほどの水彩画が掛かっていた。画面には、淡い藍色を基調にした家並が薄暮の中に犇《ひし》めいていた。二十五年も前に美術教師だった明子さんの父親が描いた作品だ。私はあるとき、その絵の前に明子さんを案内した。

——この学校の歴史を語る作品ですよ。

——父らしい作品です。今もこのような色調の作品が多いですから。

——お父さんの足跡のある職場に勤めるのも何かの縁ですね。あの頃からお父さんは創作に力が入っていましたからねえ。

私が、一回目にK中学校に勤務したとき、十一歳年上の山根さんと同じ学年を担当し、山根さんから文化や芸術に関する話をしばしば聞いた。

――今回の芥川賞作品は、俺には理解できなくてねえ。どう、わかるかね。

作品を読んでいない私には返答ができなかった。急いで書店で買って読むという情けなさだった。多忙な教職員の中で山根さん以外に芥川賞作品等について話題にするような人はいなかった。私は文章を書く同人に所属していたので、山根さんの話には刺激を受け、学ぶ機会ともなった。

その当時、山根さんは自作の絵を全国レベルの展覧会に出品して入賞を果たす実力者であり、島田市の文化祭では絵画部門の審査員を務めると同時に随筆作品に応募するなど幅広く活動をしていた。

山根さんは自分の担当する放課後の美術部の指導を早々に終えて学校を後にすることもしばしばあったため、遅くまで指導をして職員室に帰って来る運動系の職員からは批判的な目で見られる一面もあったが、卓球部顧問の私は全く意に介さなかった。むしろ、美術大学で学んだ世界を忘れることなく創作活動に励む時間を確保している山根さんの生き方に私は共感していた。

明子さんは、その山根さんの長女だ。話し方や対応の仕方が常に温和で丁寧だ。今朝の電話も穏やかな話し方だった。

——最期は医師の配慮があって、母と兄と私が看取ることができました。それで、あの……。

明子さんが言い淀んでいる。

——あのう……、こんなことお願いして失礼なのですが……、菜の花がどこかに咲き残っていませんでしょうか。二、三本あればと思うのですが。父の好きな花でしたので。

私にはいつも車で通る道の畦に咲いている一群れの菜の花が思い浮かんだ。

——桜に圧倒されていますが、まだ咲いているところがありますよ。持って行きますから。

私は着替えをするとビニール袋と花鋏を用意して車を走らせた。畦に近づいたが、花は陽気に誘われて既に散っており、小さな莢《さや》を付け始めていた。この分だともうないだろう。すぐに明子さんに花のないことを伝えようと、携帯電話を手にしたが明子さんには掛けなかった。私は自分だけで全く勝手な世界を思い描いていた——。

会社勤めをしながら茶や梅を作り、農業を営んでいる旧知の池田さんに電話をしてみた。

——もうちょっと早けれゃあ、うちにいらんほどあったけぇが。近くの知り合いに聞いてみるでさあ。

すぐに返事があった。指定された場所に車を走らせると、池田さんの車が道路際に止まっていた。小高い畑の畦にスーツ姿の池田さんが立っている。

――こっちの衆が、好きなだけ取ってくれていいってさ。

私の胸は高鳴った。これだけあれば自分の描いている勝手な世界が実現するだろう――。畝には沢山の菜に、花弁の大きな花が溢れているではないか。私は一抱えも取ると、スーツ姿のままで手伝ってくれている池田さんに聞いた。

――もっと取ってもいいかねえ。

――ええら。全部取ってもいいような口ぶりだっけで。

私は二抱えも切り取って車に積んだ。

――朝の忙しいときに時間をとらせてすみませんでした。

――何でもないさえ。ところでこんな沢山の花、何に使うだね。

――私も頼まれ仕事でね。何でも沢山あればということなんで。

私の曖昧な返事を背中で聞いて、

――朝から花屋も悪かあないね。

呟きながら池田さんは出勤して行った。

畑の持ち主に礼を言って、私も車を走らせた。車の中には淡い春の匂いが満ちてきた。

出勤時の車の流れに乗って走っていると、初めて山根さんのアトリエへ伺ったときのことが浮かんできた。私が、K中学校で定年を迎える前年だったか……。明子さんは教師二年目を迎えていたときだった。

山を切り開いて造られた広大な住宅地の一角に「画廊やまね」はあった。母屋に続いているアトリエには、十畳ほどの広さの中にキャンバスや大小の水彩画作品が所狭しと置かれていた。このアトリエに絵を学ぶ人々が来て、山根さんの指導を受けるという。画廊での絵画教室のみならず、山根さんは自分の住む藤枝市の文化講座でも絵画指導をしながら、自分の作品も制作しているらしい。何とも旺盛な創作活動に私は圧倒されたものだった。

若者の群像が紺色の濃淡で描かれた水彩画「青き人々」が際立つ。影のように描かれている若者たちは、押し並べて言葉を失った孤立状況にあるようだ。「下北挽歌」と題された一〇〇号の作品には、やはり紺を基調として四人の若者が前面に描かれているが、三人が膝を抱えて頭を両腕の中に沈み込ませている。その後方には、雪原が遠く続き、荒い骨組みの船小屋が建っている。荒寥とした背景が若者たちの内面と重なって、私は強く惹き込まれた。絵がこんなに強い吸引力を持つとは――。

内向きな人物は若者だけではなかった。漁港で網を前にして腰を降ろしている人々も、アイヌの原住民も、さらにはインドの街角に座っている女性たちも、多くの人物が頭を胸や膝に埋めている。暗い色調によって描出されている人物たちは、生きていることの重みを引きずりながらどうしようもない複雑な内面を沈み込ませているようだ。アトリエに置かれている多数の作品を見て私は感じた。山根作品は総じて「頭を埋める人々」だと。同時に北海道からインドまでスケッチの旅をしたその行動力に芸術家としての山根さんの生き方を目のあたりにした思いだった。

——全部、習作だよ。

隅のテーブルで、奥様の運んでこられたコーヒーを片手に山根さんが言った。ストレートな話し方はかつてのままだ。

——完結作品なんて自分にはないねえ。締切日がある場合は仕方なく終わらせて出すけど、気になるところは残したままさ。習作だけどこの通り作品はかなりの数になってね。俺も七十歳、ひと区切りに画集にまとめてみようと思ってね。

このアトリエを一瞥しただけでも相当数の作品がある。厚い作品集ができるのではないだろうか……。

——四、五人に前書きの文を頼もうと思っているんだけど、短いものでいいので書いてくれないかな。

突然の話に私はたじろいだ。水彩画にしても油彩画にしても、私には鑑賞力が初めから備わっていないからだ。

——好きなように書いてくれればいいからね。一か月ほどの間に頼むよ。

私は大先輩に押し切られる形で承諾した。あのことを軸に据えれば何とかなるか……。一瞬、かつて山根さんと交わした会話が浮かんだからでもあった。

昼食後の職員室で斜め前の席にいた山根さんと雑談をしていたときのことだった。小説のテーマについて話が及ぶと、山根さんが意外なことを言った。

——絵は初めからテーマがあって描く場合とテーマは何もなくて描く場合があってね。テーマがないときは、キャンバスへ一筆《ひとふで》の線をさっと入れてみる。そこから広げていって結果としてテーマを浮き上がらせるんだよ。

私はこの話に興味があった。文章を書くときも予定外の言葉を用いたために予想外の展開となる場合がある。この予定外の言葉が山根さんの言う一筆の線にあたるのではないか。

私は「筆が筆を呼び出す」と題した短文を書いて山根さんの依頼に応えた。画集は翌年の夏に出版された。静岡県水彩連盟の重鎮とともに門外漢の私の拙文も掲載されていた。

あれから二十年近い歳月が流れ、私は退職後の第二の仕事も終え、今は自由の身となったが、その間、明子さんから山根さんの創作活動の状況についてはときどき話を聞いてきた。最も新しい作品は九十歳を過ぎて描かれた昔話の絵巻物だった。子どもたちに見せたいと、巻物の裏側には山根さんの手書きの文字で紙芝居風に物語が書かれていた。

——父は気が向くと何でも熱心にやるんです。

そう言う明子さんの父親評の裏側には、父親への尊敬の念が覗いていた。

「画廊やまね」の表札は以前のままに玄関に掛かっていた。家の横手に、染井吉野が朝の光を浴びてここでも華やかな白い空間を広げていた。その下に車を止めて、私はアトリエに入った。奥さんと明子さんに悔やみを伝えてから、菜の花を抱え入れた。

――こんなに沢山、有り難うございます。

明子さんが驚きながら、大きなポリバケツに水を張って菜の花を入れている。弔問客はまだ誰もなく、奥さんに案内されて奥の部屋に入った。中央に山根さんが満たされたような表情をして眠っていた。終生、創作意欲を堅持し続けた芸術家の終焉――。

――いつでも何かしていないと気のすまない人でした。

奥さんの静かな声に明子さんも頷いている。

――主人はよくスケッチ旅行にも車で出かけましてね。あれは六十代半ばの頃だったでしょうか。房総半島へ私もついて行ったんです。海を臨む畑に菜の花がいっぱい咲いてましてね。それはそれはきれいな眺めでした。そのとき、何を思ったんでしょうか。スケッチしながら主人が、唐突に、全く唐突に、独り言のように言ったんです。自分が死んだときには、棺の中へ菜の花を入れてほしいって。一面の菜の花がそう言わせたのでしょうか。

奥さんは、引出しに仕舞い忘れた小物を探し出すように、ゆっくりと話される。今朝の電話で明子さんから菜の花のことを頼まれたとき、私が直感的に思い描いた勝手な世界は、偶然にも山根さんの思いと一致したのではないか――。私はこの偶然性に山根さんとの不思議な繋がりを感じた。

――そんなことを私は短歌に詠んだりもしたんですの。

奥さんは短歌のグループに所属しており、その道は長いと明子さんから聞いていた。

――時期は遅いけど、どこかに咲き残っていないかしらと思いましてね。娘に言ったのは私なんですよ。あんなに沢山いただいて、きっと主人の思いが叶います。お礼を申します。

コロナ禍の折、家族だけで故人を送るとのこと。私は辞した。明子さんが外まで出て送ってくれた。屋根よりも高く咲いている桜がいよいよ白く輝いており、主の終焉を寿《ことほ》いでいるようだった。

――父は毎年、この桜を眺めるのが好きでした。でも、絵には描いていないんですよ。

清楚な雰囲気を湛えている明子さんには、既に父親の死は受け入れられているようだ。

――この桜の花の彼方に藤枝の街が見えるのだから、絵になる題材だと思うけど。

私の頭には、K中学校の中央廊下に掛かっていた山根さんの家並の絵が思い浮かんでいた。

私は「画廊やまね」を後にした。バックミラーに、桜の下に立って見送ってくれている明子さんが映っていた。坂道の沿道にも山裾にも桜の白さが浮き上がっている。が、私の心中には、繋がっていた綱が切れたような虚《むな》しさが広がっていた――。

明子さんが言うように、山根作品には花や静物は描かれていないかも知れない。帰宅して画集を取り出してみたが、人物画と風景画ばかりが収められており、花を描いた作品はなかった。

私は改めて思い至った。山根さんの関心は人間の生きる姿にあったのだと。しかもその姿は、歓喜に満ちた姿とは逆に哀しみに沈み抑圧に黙々と抗する姿だったと。黙した若者の群像、アイヌの熊祭りの人々、旅する瞽女たち、インドの街角に座る女性等の作品――。「黒い刻印」と題した若い女性たちの群像を描いた作品には、山根さんが「薄い影のような人間の危うさと哀れさを表出」とコメントを載せている。これぞ山根作品の主たるテーマだ。

山根さんの葬儀が終わった夜、明子さんから電話があった。いつもの丁寧な話し方に、心なしか明るさが感じられた。

――予定通り家族で父を送りました。いただいた菜の花を全部、柩の中に敷き詰めました。父は菜の花畑で眠っているようでした。しばらくしたら起き上がってくるのではないかと思うほど安らかな表情でした。望んだ通り菜の花に包まれて旅立った父は幸せだったと思います。母は、父との約束を果たせたとほっとしています。

私の勝手に思い描いた世界は、期せずして実現した。池田さんに電話をして、ことの真相を話し、改めて礼を伝えた。話好きの池田さんの返事は珍しく独り言のようだった。

――ふうん……、ふうん……。そう、そういうこんか……。

（第63回静岡県芸術祭　ＮＨＫ放送局賞受賞作）

地域の中で

古民家誕生

デイ・サービスの事業所として貸していた妻の実家が、契約満了となって今年三月に返された。子どもの頃を過ごした家に早く復元したいと願っていた妻は、この日を待ち望んでいたようだ。

妻と私は早速作業を開始した。まずは、玄関の上がり口や廊下に残っている接着剤の除去。絨毯を剝がした後に残っているものだ。接着剤を溶かす液を流し、しばらくしてから金属の箆《へら》とブラシと雑巾とで擦り取っていくのだが、こびりついた接着剤はなかなかにしつこかった。一週間をかけて除去した後、雑巾で磨き上げていくと、かつての黒みを帯びた木の肌合いが甦ってきた。

玄関脇の柿若葉がいつの間にか葉を広げ、柔らかい光を湛えていた。青い実が姿を見せる七月の初めには作業を終えたいと妻も私も思っていた。ところが知り合いの大工さんの思い入れが強かった。

「使ってある材が値打ち物だぁ。今どき探したって手に入らんよ」

大工さんは、敷居の凹みを直し、重い戸を滑りやすくしてくれた。そればかりか、床下に潜り込んで根太《ねだ》まで修復してくれたので工期は大幅に延びた。その間に大工さんは、昔ながらの田の字形の畳の部屋に、廊下の奥に仕舞い込んであった黒々とした戸や障子戸を運んできて取り付けた。妻も昔日の部屋を思い出しながら床の間に瀬戸物の置き物を置いたり古い戸棚を拭いて配置したりしていった。

「この戸棚からお祖母さんがときどき抹茶茶碗を取り出してお茶を点てていたわ」

私も何回かそのお祖母さんのお手前に与ったことがあったが、古い家の雰囲気を体現しているような静かな人だった。

「お祖父さんはいつもこの丸火鉢を抱えていたわ。その火鉢、何かに使えないかしら」

そう言いながら、昔の灰が残っている丸火鉢を妻が運び出した。

捨てる物、再利用する物と分別して復元作業も終盤に近づいた頃、柿の木の下にある水道で障子を洗っていた妻が、たわしを手にしたまま障子の枠に見入っている。手招きする妻のところに行くと、感に堪えないように言う。

「私の家がそんなに古いなんて、今の今、初めて知ったわ」

濡れた障子の外枠に、墨で一画一画丁寧に書かれた文字が並んでいた。

――遠江国榛原郡中川根村久野脇　藤田藤八　明治二十五年壬辰仲秋吉日　大工滝尾友作
――とある。

「明治二十五年からって、何年経つことになるの」

ざっと計算して百三十年。妻は今さらながら気の遠くなるほどの年数に感じ入っている。

「父からは、昭和の初めに移築された家を戦後になってから買い取ったとは聞いていたけどね」

久野脇という地名は、現在も大井川を遡った川根本町にある。そこの材を用いて久野脇の地に建てた家なのだ。

「私が中学生の頃、玄関や台所や風呂場を改築してたのを覚えているわ」

妻は記憶を辿りながら、

「あの太い柱や梁、百年以上も経っているんだ」

と、壮大な絵巻物でも広げたように目を見開いている。私も唸った。――この障子の目の細かい桟《さん》も一部は欠損しているが、昔のままの姿を保っている。家の天井を闊歩している無垢の梁もまた同様に今に生きている。これからも、私たちの生命を超えて生きることは確かだろう。何と見事な生命力だ――。

私には、法隆寺を修復した宮大工、西岡常一氏の本に書かれていたことが思い出された。

――樹は森林の中で百年生きたら、切り出して建築に用いられてからも更に百年生きる。鉄よりも長く生きる。今、法隆寺の檜はそのように二度目を生きているのだ――。

世界的な木造建築物の法隆寺だけではない。島田市の旧東海道、川越遺跡近くの妻の実家の建材もまた、まさに二度目を堂々と生きているではないか。煤《すす》をまといながら燻製のようになった柱や梁は、二度目の人生、いや木生を今後も生き続けるだろう。その柱や梁の燻《いぶ》し銀のようにくすんだ光沢と力士のような重量感とが、そこに住む人々に揺るぎない安心感を与える。これぞ古民家の醍醐味ではなかろうか。

妻の長年の友人、久美さんがしばしば顔を見せては掃除や家具の配置などを手伝ってくれていた。彼女と妻とは、何年も前からカウンセリングの研修を受講しており、北海道や九州の会場まで出掛けてきた間柄なので、互いに気心がわかっている。

二人には夢があった。それは、この妻の実家を整備して新生古民家を会場にカウンセリング研修会を開くことにあった。全国から二十名余りを招いて、島田の地や大井川や牧之原から望む富士の景観を見せたいと思い、既に会員には十月下旬に開催する通知を出している。ホテルの仮予約もできているらしい。

修復作業は予定よりもかなり遅れ、庭の百日紅《さるすべり》が暑さをかき立て始めた頃に終了した。

玄関を入ると、磨いた板の間に厚い木製枠の戸棚が古老の風格よろしく居座っている。左へ続く廊下側の隣り合った八畳間は葦《よし》の戸で仕切り、その一室には四人掛けのテーブルを、もう一室には座卓を置いた。

一番奥の床の間のある八畳間は、かつての仏間だったが、仏壇は別の場所に移したままにした。この奥まった部屋に外からの光が届くには、外からの光が他の部屋を通過していくうちに照度が弱まって日中でも黄昏どきのような薄暗さとなり、自然と部屋全体に静謐な雰囲気が満ちてくる。

日本家屋の奥の間の陰翳を礼讃したのは谷崎潤一郎だった。

――我々の祖先は、外光を障子の紙で濾過して、自ずから生ずる陰翳の世界に幽玄味を持たせた（『陰翳礼讃』）――と。

書院造の間のような幽玄さとはほど遠いが、光の柔らかさによって部屋が落ち着いているこの古民家の味を、喧噪な世相から一歩離れて静かに味わう人があれば嬉しい。

誕生した古民家には、地域のどなたでも気軽に立ち寄ってもらえたらとの妻の思いを込めて、「憩《いこ》う家《か》・なずな」と命名した。看板用の板は、材木を扱っている私の知人、畑さんが厚い楠を用意してくれた。私が力を込めて墨書した。

百日紅の紅が濃くなった八月の初め、私たち夫婦と久美さん夫妻とで、今後の「なずな」の運営について相談した。久美さんの夫は定年退職してから九年になるが、水彩画の教室を開いて十人ほどの人たちに絵を教えている。その教室を「なずな」に移したいという希望がある。久美さんは久美さんで自分の習っている詩吟の会の会場にしたいと言う。

私は妻の思いを汲んで、運営の基本的な考え方について話した。

「カウンセリングの研修会場のことは、今のところ一回きりのこと。第一の目的は、この地域の皆さんにここを使ってもらうこと。このことを運営の中心にしたいよね」

妻が続けた。

「私がここでデイ・サービスの仕事をしていたこともあるけど、地域の高齢者の人にも、育児中の人にも子どもたちにも気軽に立ち寄ってもらいたいの」

「図書館から紙芝居を借りることもできるので、それは私が担当するわ」

久美さんも異論はなく、文化的な活動の会場提供と地域の人々の休み所として運営していくことにした。文化的な活動は三時間で千円、休み所として利用する場合は、茶と菓子とを三百円でどうかと考えた。小中学生は無料とし、「なずな」の運営事務は久美さんが引き受けてくれることになった。

妻も七十六歳、無理のないように楽しみながらの運営にしたいと思っている。まだ六十代後半の久美さんの力は大いに助かる。

次の日から私たちは開所日に向けて準備を始めた。久美さんはチラシ作り、久美さんの夫と私は案内板作りや部屋に掛ける額などの調度品を整えた。妻は茶器や皿などを揃えた。

町内へは回覧板で知らせ、町内の役員さんへは私と妻が直接伺って案内をした。

「あのお宅は昔からの家だったが、そんなに古いのかね。このあたりじゃあ、桜井邸に次ぐ古さだよ」

役員さんたちは、異口同音に驚きながらも応援してくれそうだ。桜井邸というのは、妻の実家から五十メートルばかり離れたところにある旧家で市の指定文化財になっている邸宅のことだ。

炎暑が続いたせいか、柿の実が青いまま落ちている八月二十三日、私たちは一抹の不安を抱えながら「なずな」に詰めた。「なずな」の開所日だ。

知人にはチラシを渡しておいたが、誰が来てくれるのか……。私たちには全くわからない。とり立てた催し物がある訳でもなく、ただ古い家の中を見て茶と菓子でくつろいでもらうだけなので、知り合いがぽつぽつと見える程度だろう。

十時前に豪華な花籠が届いた。畑さんからだった。続いて私と妻の共通の知人仲間からも花籠が届いた。急に古民家が華々しい雰囲気になった。そこへ近所の人が三人、続いて知人七名が賑やかに入ってきた。

「中が広いのねえ。気分が落ち着く」

「天井の太い梁、百年以上たってってもびくともしてないじゃない」

それぞれが古民家の佇まいを味わっていた。

久美さんと妻とが茶の支度を、私はもっぱら家屋の歴史を説明した。三々五々、来客が続き、予想以上に忙しかった。

午後になって畑さんが数人の客を連れて来た。現在は焼津市に住んでいる畑さんだが、もともとこの地区の人であり、長く製材所を営んでいた。今も仕事の関係があるらしく島田には毎日のように来て、この地区の活動に力を入れている年配者だ。特に川越遺跡の残る旧街道の活性化には熱が入っている。

飾るところのない畑さんはいつも率直だ。

「川越街道沿いに古民家あり、ええじゃん。この古民家に大勢の人に来てもらわざぁ。ええ場所を作ってくれたもんだ」

喜んでいる畑さんが商売っ気を覗かせる。

「何か食べる物で面白い物があるとええぞ。手軽に出せるものでさぁ」

「私たちもそれを考えたいんですよ。何か楽しみがないとねぇ」

妻が応じている。が、妻や私は多くの観光客が来てくれることは望んでいない。地域の人たちの憩いの場となることを願っている。このことはゆくゆく畑さんにもわかってもらわなくてはならない。

古民家に似合う面白い食べ物として糯米《もちごめ》のだんごはどうか。兵庫県北部の田舎に暮らしていた叔母は生前、八月になると糯米の粉を送ってくれた。その粉は、粳《うるち》の粉と異なり、降り積もった雪に似て握ってもすぐには崩れない。その純白な粉で作っただんごは、舌ざわりが滑らかで餅のように柔らかい。そのだんごをここの茶の友としてはどうか。寒のころに湧き水に晒した糯米で作るという粉が、今でもあるのだろうか。従兄弟に尋ねてみよう。

午後遅く、畑さんが島田市の博物館の学芸員を連れてきた。二十年近く博物館に勤めているという学芸員は、驚きの声を発しながら中を見て回った。

「博物館や桜井邸の近くにこれほどの古民家があったとは知りませんでした。博物館とのコラボレーションが何かできそうですね」

彼はそう言って帰った。私の頭には江戸期の俳人、松尾芭蕉のことが浮かんだ。芭蕉は東海道を何回か旅した人であり、時雨に濡れながら大井川を越して島田の宿に草鞋を脱いだ人だ。この古民家の前の道も歩いたはずだ。芭蕉と島田について博物館との共同講座が開ければ面白いのではないか……。

久美さんが受付票を見ながら報告する。

「本日の来訪者、三十一名。お心づかいをいただいた方、七名です」

「思ったより多くの人が来てくれたわねえ」

妻も肩の荷を降ろしている。が、私には気になることがあった。それは、地域の高齢者や母親、父親、子どもの姿が全くなかったことだ。もっとも回覧板で知らせただけで、それ以上の動きはしなかったので無理もないのだが……。このことは私たちの課題だった。

こうして、古民家「憩う家、なずな」は幕を開けた。奥山に聳え立つ大樹を彷彿とさせる梁や、くすんだ障子の桟が紙の白さを浮き立たせている中で、私たちはこれからの細《ささ》やかな夢を描いている――。

（第61回静岡県芸術祭　入選作）

後部座席にラケット乗せて

大井川に沿って二十分ばかり車で上ると、島田市の施設「山の家」に着く。駐車場に車を置き、ラケットとバッグを提げてテニスコートへ降りていくと、フェンスの外の楓《かえで》が真紅の衣を纏《まと》っていた。一週間の間に深い色合いを湛えるものだ。

施設長のFさんが、太い筒の掃除機でコートに散っている落ち葉を吸い取っている。既に二人のメンバーがネットを張っていたので私もすぐに手伝った。四面のコートは準備万端だ。フェンスに取り付けてある時計は八時四十分を回ったところだ。

脚の屈伸をしてから軽くコートの回りを走って体を解《ほぐ》す。徐々にメンバーが集まってくる。ウォーミングアップのボールを打ち始める。しばらく打っているうちに、冷えていた身体が暖かくなる。

九時十分、メンバーが揃ったところで、割箸で作った籤《くじ》を引いてもらう。今日の参加者は十七人。割箸の元には番号が振ってある。次にコートごとに割り振った組み合わせ表を見ながら、私が番号を告げていく。各コートに散ったメンバーは、それぞれにゲームを始める。これが毎週水曜日に行う水曜会の風景だ。

定年を過ぎたメンバーばかりなので、全体の流れが緩やかだ。今日は女性も三名いる。定年の後、この会へ入って初めてラケットを握った人、どこかでテニス経験をしたことのある人、何年もテニスを続けてきた人と様々なメンバーだが、特筆すべきは最高年齢が八十五歳の男性二人がプレーをすることだ。一人は、動きこそゆっくりだが毎回出席し、皆と同じ回数のプレーをこなしている。もう一人は、昨年腹部の手術をして三か月近く静養したが、今は回復してプレーをしている。

私も入会して七年、一昨年から会の世話役を務めている。各コート、失敗しては声を上げたり、ポイントを取っては歓声を発したりして、四ゲームが終わると引きあげてくる。と、私が再び組み合わせ番号を伝えて次のプレーとなる。

その日の参加者数によって何人かがベンチで休むのだが、この休憩時間に、私はしばしばフェンスの外に出て、すぐ近くを流れる伊久美川を眺めに行く。その途中に「山の家」の建物とグラウンドがあるのだが、私にとっては忘れられない建物なのだ。

現在は、宿泊のできる多目的施設として、スポーツ少年団や高校生の合宿、また音楽の練習や発表会、さらには各種研修会などに使われているが、もとは島田市立川島小学校だった。

児童は百余名の小さなその小学校こそは、私の初任校であり、社会人としての人生を踏み出した職場だった。教員住宅に入れてもらったここでの五年間の体験が、私の職業意識の基《もとい》を形成したのだから、私にはいつまで経っても忘れられない学校なのだ。あれから五十二、三年も経つ――。

私が転任した翌年に、児童数減少のため川島小学校は隣の学校へ統合された。校舎は青少年の活動できるセンターとなり、やがて新しく建築した「山の家」となった。その折にテニスコート四面も整備されたが、テニス経験のない私にとっては無縁の施設だった。

伊久美川は、黄土色に枯れた葦の茂みの間を縫って浅い流れをつくっている。葦こそ広がっているが、かつてと変わらぬ清流が心地よい瀬音を響かせている。堤の向こうに広がる茶畑も当時のままだ。その向こうには、川根に通じる道路が新設され、今では車が間断なく走っている。あの頃、休日になるとこの川では、たも網を片手に鮎を獲ったり鮠《はや》を釣ったりして遊んだものだった。この川も周囲の山々も空気の味までもが、自分が子どもの頃に馴染んだ風景と重なって、私はこの地に慣れるのに時間を要しなかったばかりか、やがて愛着すら感じるほどになった。

コートに戻ってゲームをする。相手チームによって緊張感が異なる。手強いサーブには構えていてもミスをする。が、この緊張感があった方が面白く、ラリーが続くとなお面白さが増す。遊びのようなゲームだが、互いに真剣な面持ちが覗くところも面白い。

再びベンチで休むと、否応なく目に映るのが、フェンスの向こうの山から斜めに落ちている五十メートルほどの太いパイプだ。その黒々としたパイプは、白い鉄塔が林立し電線が錯綜している川口発電所に繫がっている。そこではパイプの中を落ちる水力で発電しているのだ。

当時、街から最終バスでこの山間《やまあい》に帰ってくると、漆黒の闇の中に発電所の鉄塔の明かりが街の一角を思わせて、私の心細さが大いに慰められたことも忘れ難い。

テニスといえば軟式テニスを指す時代だったが、私の周囲にはテニスをする人がいなかったので、私もついぞテニスを知らないままに過ぎていた。

その私が、初めてラケットを持ったのは、島田K中学校に転勤した三十三歳のときだった。まずいことにテニス経験のない私が男子テニス部の顧問になった。長く指導をしてきて県大会出場にまで育て上げた教員が異動した後を私が担当することになったのだが、テニスを全く経験したことのない私に務まるはずがない。

――テニス経験のない私には無理です。卓球かバレーボールか陸上にしてください。

そう申し出た私に、校長はいとも簡単に言った。

――技術は昔の卒業生が来てくれるので、生徒の生活を見てくれればいいんだ。

中学校勤務は初めてだったので、そういうものかと思って引き受けた。

部活動一日目。コートに集合した三十名ほどの生徒に、私はテニス経験のないことを率直に伝えた。生徒たちは内心落胆したにちがいないが、これまでの練習通りに活動を始めた。

手もちぶさたのままコートの外に立っている私に、三年生の部長のT君がラケットを二本持ってきた。

――軟式のラケットの持ち方から教えます。

私が、ラケットの持ち方も知らないと先ほど話したからだ。T君は地面にラケットを置いて、

――ラケットの長さに足を開いて、上からそのままラケットを握り、後ろから前へ振り上げます。

私は言われた通りにして、初めてラケットを振った。それからは、T君に教えてもらいながら生徒と一緒に練習し、徐々にボールがネットを越えるようになった。

二年目からは、実力の伴わない顧問ではあったが、それらしく振る舞うことに努めた。その後十年ほどの間に市内でも硬式テニスが広がりを見せてきた。教室やスクールもできて、硬式を楽しむ人々も増えてきた。私も軟式の打ち方のままに、機会があれば硬式で遊んだ。が、年に数えるほどの回数だった。

硬式テニスができるようになりたいと本気で思ったのは定年退職をして、自分の時間が持てるようになったときだ。

まず、市の初心者テニス教室に入った。週一回の夜の練習だったが、人数が多く、その上、全くの初心者と経験者とが混じっていたので、二組に分かれての練習となった。何となく物足りない練習だったが、それでも前期と後期の三か月ずつの練習を修了した。

六十二歳の十月から再び公の仕事に就いたが、テニスの技術を身につけたいという思いは

募っていた。仕事に慣れてきた三年後に、民間のテニス教室に入り、毎週月曜日の夜、七時からの練習に通った。コーチの繰り出すボールを息切れがするほど打ち続ける練習には充実感があった。

受講者は、通常六、七人だったので細かいところまで指導を受けることができた。コーチは私の年齢を考慮して、「ゆっくりでいいよ」とか「休んでいいよ」とか声を掛けてくれたが、私は息をはずませながらも若い人たちに辛うじてついていった。

この教室での二年間に、テニスの基本的なことを学んだように思う。だが、技術が向上するにはほど遠かった。同じ教室でありながら隣のコートで伸び伸びと打っている人たちを見ると、自分の技術の足りなさが歴然とするのだった。バックハンドでネットすれすれにスピードボールを打つ腕などには、とても敵《かな》わなかった。

七十歳で仕事を終えてからは、水曜会のメンバーとなったものの、週一回の運動だけでは足りない気がした。水曜会の数人も同じ思いらしく、市の体育館コートで火・金曜日にも練習していると聞き、すぐに入会した。以来、週三回のテニスが楽しめるようになった。火・金の練習は、一時から三時までの活動だが、真夏日の暑さにはかなりのエネルギーを消耗する。あまり暑さが厳しいときは、午後三時からにして熱中症を警戒した。

もう一チーム、土曜日の午後の二時間、「山の家」のコートでプレーをしている六人のメンバーがおり、そのチームから四年前に誘われて二つ返事で入れてもらった。テニス歴の長い人たちなので、私は多くの刺激を受けている。

今や私の生活にとって、テニスは野球のベースのような存在だ。一週間に一塁、二塁、三塁、ホームとテニスベースを踏む。これが私の週の生活サイクルなのだ。

有り難いことにテニスは心と頭の中を空っぽにしてくれ、身体まで軽くしてくれる。ボールを打つことに夢中になっている間は、すべてのことが頭の中から消えている。ミスをしたり打ち込まれたりしたときの悔しさはあっても、雑念は完全に消え去って、全身が紺碧の空のように爽快だ。この爽快さが何にも増して私には魅力であり、また貴重なものになっている。日常生活では、様々な事柄が気に掛かり、それらが往々にして尾を引くのだから。

ここ数年、自分の軽自動車の後部座席はラケットとバッグと帽子とが常に定位置を占めている。ラケットは長男が大学生のときに使っていたものだが、もらい受けて二十五年も使っていると愛着が深くなってくる。

今日も水曜会は昼前に散会した。駐車場周辺には、例年より遅く満天星《どうだん》つつじが熟《う》れそうなほどに紅く染まっている。最高齢のSさんが満足そうに呟く。

――今日も楽しませてもらった。有り難いことだねえ。

八十五歳にしてコートで動ける――、私には遠く霞んだ夢のようだが、もうしばらくの間、私も四囲の風景とともにラケットを振る爽快さを味わいたいと思っている。

自宅療養記

七月三十日、土曜日の午後のテニスを終えて車で帰る途中、携帯電話が鳴った。小路に入って電話を受けた。ＰＣＲ検査センターからだった。

――検査の結果は陽性でした。

事務的な男の声が、全く予期せぬ内容を伝えてきた。一瞬、私は深みに足を取られて声が上擦《うわず》った。

――陽性ですか。

――そうです。ついては書類を送りたいのですがファックスはありますか。

ファックス番号を伝えると次のように指示された。

――今から送る通知をかかりつけ医へ持っていってください。

帰宅してすぐに陽性であることを妻に告げると、妻は動揺した。持病のある妻の恐れていた事態となってしまったのだ。私も、まずどこへ連絡するべきか、そこから迷った。かかりつけの医院がなかったので、送られてきた検査結果をどこへ持っていくか。土曜日だから月曜日まで待つのか。休日用の相談センターへ連絡すべきか……。

妻は、アルコール消毒液や消毒綿を買い込んでくると、迷うことなく宣言した。

——今から稲荷町の家へ行くけど、明日から必要な物は玄関に置くから、一人でがんばってね。

旅行バッグに衣類を詰め込んで、妻はそそくさと出て行った。稲荷町の家には、次男が一人で住んでいるので避難場所には何の問題もなかった。まず、妻への感染はこれで防げるだろう。

妻の作り置きの夕食を終え、風呂に入って寝る仕度をしたが、いかにせんまだ八時前だ。どうやら熱は出ないようだが、何をする気にもならない。することといえば、自分の触れた物を消毒綿で拭いたり、消毒液を振りかけてまわることだ。

冷房をセットして早々に横になった。枕許に電気スタンドを置き、本とメモ用紙も置いた。学生の頃の気分が甦ってきた。が、それどころではなかった。

まず自分の判断の甘さが悔やまれた。昨日の朝、妻が電話で話していたとき、途中で私を呼んだ。

——河井さんがPCRの検査所へ案内してほしいって。

河井洋子さんは、前日に妻たちの開いている悩みごとの相談会へ参加していたが、そのうちの一人がコロナ陽性と判明した。妻はすぐにPCR検査を受けて事なきを得た。河井さんは、薬局で検査をして陰性だったが念のためにPCR検査を受けたいとのことだった。時間のある私が検査をする場所も知っているので、案内役を引き受けた。河井さんは私の所属する読書会の会員なので旧知の間柄だ。

検査所は金曜日だったが混んでおり、二時間後の時刻が記入されたカードを受け取って、私たちは公園の木陰に車を止めて待つことにした。

河井さんは既に陰性だったので、私は何の疑いも持たなかった。外気は暑くなるばかりだったので窓をあけ、互いにマスクをして前後の席で話をしていた。

その日の夕方、河井さんから陽性との電話があった。驚いた私は、感染はしていないだろうと思ったが、念のために翌朝検査所へ行った。土曜日とあって昨日以上に混んでいた。やはり二時間余り待って検査を終えた。

午後のテニスに興じているときには、検査を受けたことなど忘れ去っていた。その帰途に、テニスバッグの中の携帯電話が鳴ったのだった。

河井さんとはマスクをして話したとはいえ、二時間近く車の中にいた。風は入っていたが、狭い空間だ。感染のリスクはあったのだ。いや、あのとき本を手渡されて、その本をバッグに入れて持ち帰った。これかも知れない――。

翌日の日曜日は、朝から強烈な日差しだった。朝食を終えると、昨日使ったバッグと入れている物すべてをアルコール消毒して日に当てた。もちろん借りた本も。心配が心配を生んで、ついでにテニス用のザックと中の物も消毒して干した。ウェア類は洗濯をした。

午後は、昼の間はめったに使わない冷房をつけて本を読んだり、書きかけの文章を書いたり、ラジオを聴いたりした。体調は普段と変わりなく、体温も上がっていない。一人の時間をこれほど長く他のことを忘れ去って過ごせるとは何と贅沢な、また何と魅力のあることかなどと思いながら過ごしたのだが――。

五時頃になって夕食を作る。さすがに今夜はビールを飲む気はなく、さっさと夕食をすませ、明るいうちに風呂に入った。テレビの連続ドラマも見たいと思わず、明日の連絡のメモだけをして横になった。

症状がいつ出るのか、検査結果をかかりつけ医へ持参せよとのことだが、どこの医院へ頼めばいいのか。第一、陽性者の自分が外出できるのか……。明かりを持たずに暗闇を歩くような不安が胸の内を往復していた。

次の日、八時半になるのを待って、K医院へ思いきって電話をした。受付の人に私の依頼を伝え始めるとすぐに担当者と替わった。

私は一度も診療を受けていないが、妻が世話になっていることを伝えた。聞かれるままに症状を話すと、担当の看護師は実に親切な対応をしてくれた。

――うちの医院から県の保健所へ報告しますからいくつかの質問に答えてください。来院は必要ありませんから。

症状、ＰＣＲ検査結果、同居家族の状況などを聞かれるままに答えた。

――午後には県の保健所より電話連絡があります。何か症状が変化したときには当院へ電話をしてください。お大事に。

手続きは完了した。あれほど不安に思っていたことが解消した。と同時に看護師のゆき届いた対応が身に染みて有り難かった。

直後にK医院から「自宅療養の留意点」のファックスが届き、午後には県の保健所から電話があった。女性の対応者は落ち着いた声で症状を尋ねた後、次のように話した。

――その症状でしたら保健所から行うことは今のところありません。発熱など心配な場合はこちらに電話をしてください。では十日後に電話をします。

さて、これから十日間、最も暑い時期を家の中で過ごすのか。発熱や咳の症状も出てくるだろう。解熱剤も妻に頼んでおかなくては。

朝食も従来通りにすませ、ラジオ体操も終えて新聞を見るが、体調に変化は表れない。それでも体温が三十八度近くなったが夜には三十七度少々で、それ以上に上がることはなかった。咳も出ない。五日目頃になって鼻水が出るようになったが二日ほどで収まった。鼻声が続き、この症状だけが療養期間後も数日抜けなかった。後遺症の一種かと思ったが、知人の後遺症の状態を聞くと私の場合は実に軽症だった。

知人の女性は、介護の職場で発生したクラスターのために感染し、三十八度を超える熱が三日続いた上に咳がひどく下痢にも見舞われたという。電話で話しながらも咳は続いていた。

――熱が出てから味がしなくなって、いまだに味覚が戻ってないんです。もう治ってから一週間以上経っているんですけどね。

体調のすっきり戻らない彼女は、かかりつけ医へ行って診察を受けたという。

——いろいろな症状の後遺症が出るので、それを治すことが大事だと言われました。

こうした体験をしたために、彼女は妻に解熱剤や栄養食品やゴム手袋などを託してくれた。が、私には五日経っても六日経っても、それらを使う必要は生じなかった。

困ったのは来客の対応だった。来客といっても、一人は地区の組長の女性。玄関の上がり口に用紙を広げて、敬老会への出欠について話し始めたが、マスクをした私は、離れたところから話を制して、コロナ感染中であることを告げた。組長さんは慌てて用紙を置いて帰って行った。用紙の中には消防団への寄付金や組の徴収金の封筒も挟まれていた。これらは回復してから届けるしかなかった。

二人目は隣の奥さんだ。毎回のように回覧板をポストに入れてくれるのだが、回覧板を見た後、隣へ届けることが躊躇された。妻が玄関先へ食べ物を持って来たついでに届けてもらった。

さらに困ったことはごみの搬出だ。搬出ボックスの開閉器具を消毒すれば感染は防ぐことができるだろうが、その現場を目撃された場合、近所の人からは、遠ざけられるだろう。私はごみ袋を入念に消毒して夜のうちにボックスへ運び込んだ。四十メートルほど先の道の両側には家が並んでいる。誰にも会わないようにと念じながら、足早に運んで行ったのだが、運悪く曲がり角の家の奥さんが玄関に出ていた。外灯の明かりだけの暗い道だったので私は黙って通り過ぎた。数日経っても何ごとも聞こえてこなかったので、ほっとはしたものの地域の人の目をこれほどに気にしなくてはならないことが、腹部に沈殿物が溜まってでもいるように不快だった。

その不快感を消すために、私はこれまでになく気を入れて文章を書いた。新型コロナ感染の私への代償は、文章作品を書き上げる成果だった。

八日目になって痰が気管支にからみ始めたが、軽症なのでそのままにしておいた。七月末の土曜日から十一日目、九時過ぎに県の保健センターから電話があった。通常の生活に戻ってよいとのことだった。が、私には痰のからみも残っているので確かに陰性である証明が必要だと思った。その旨を尋ねると明快な返事が返ってきた。

――ＰＣＲ検査を受ければ陽性かも知れませんが、もうあなたのウィルスは感染力を持っていません。検査は受けなくて結構です。

その日の夕食で、久々に冷たいビールを味わい、刺身や天婦羅を満喫した。自宅に籠った生活からの解放感は窓から入る涼風のように心地よかった。

だが、解放感の片隅に今なお不快感が尾を引いていた。それは対人拒否症とでもいう精神状態だ。あれほど人と会う機会を好み、人と人とを繋ぐ機会を持とうと努めてきた自分だが、いったいどうしたことか――。

以前から会う約束をしていた後輩とも約束が果たせないままに時が過ぎていった。二、三人の集まりに誘われても、出掛ける気になれなかった。

軽症で済んだコロナ感染、それでも後遺症があるとするなら、私の場合は対人拒否的な症状が胸の奥に粘着テープのように張り付いてしまったことだ。いやいや、これは単に高齢のゆえかも知れない……。

自分が感染したことを人に話すのも憚られて、私は感染の話題は聞き流した。ただ、テニス仲間だけには、私が陽性判定を受けた直後に知らせておいた。感染させたかも知れないという心配があったからだったが、それは杞憂に終わっていた。それ以外の人にはこの感染について知らせたくなかった。

なぜか。対人拒否的症状に加えて、新型コロナウィルスに対する得体の知れぬ不気味さに嫌悪感を抱いているからだ。ワクチン接種以外に防ぎようがないしぶといウィルスであり、三年近く世界中に蔓延《はびこ》っている手強《てごわ》い輩《やから》。これだけには二度とかかりたくない。

盆には、例年並みに近くの山裾の芒《すすき》を切り、花を添えて墓に活けた。盆行事は終えたものの残念なことに、今年もまた私のふるさとへ帰れない。手放しで安心して遠出のできるような状況にはなりそうにないからだ。もう三年帰っていないことになる。ふるさとの田舎の風景を眺める機会も同級生との再会も高齢の伯母の見舞いも、皆々叶わないままになっている――。

このウィルスの収束はいつになるのか、全く見通しが持てない。今後、社会的には「ウィズコロナ」の動きが広がってゆくだろうが、私は自己防衛に心したいと思っている。対人拒否的な症状は薄くなっていくだろうが、人の大勢いる場所は避け、人と会う場合も三、四人程度にしよう。ずいぶん消極的な姿勢だが、この姿勢を保ちながら、人との繋がりを維持していきたいと思う。不気味で手強い輩であることを常に心して――。

久万《くま》高原

十一月の初め、愛媛県久万高原町の小学校名入りの郵便物が届いた。差出人は川見健。懐かしい名前だ。

今年の四月に、川見君から久万高原町の小学校へ新任校長として単身赴任をしているとの葉書を受け取った。松山市の市街地に住む彼が、単身で赴任した久万高原町とはどこにあるのか、日本地図を開いてみた。

四国山地の西のあたりに「久万高原」とあり、小さく「久万」の文字がある。そこに示されている細い川は県境を越えて高知県に入り太平洋に注いでいる。久万は高知県に近い高地のようだった。

封を切ると手紙と数部の印刷物が入っていた。手紙には几帳面な文字で「山里にも秋が来ました。ススキの穂がゆれ、最低気温は十五度を下まわるようになってきました。松山とは違います」とあった。

四月から十月までの「学校だより」七部が、川見校長自身の発行する「校長室から」の通信七部とともに送られてきた。それぞれ写真を多くとり入れて編集されている。

一年生は一人。入学式で川見校長や数名の教職員と並んで、中央の椅子に座った女の子の入学写真が載っている。全校児童十四名。幼稚園もあって彼は園長を兼任しているという。園児は六名。

小さな山の学校勤務――。それは遥かに遠い日の私の夢だった。日本が高度経済成長の時代に入り始めた昭和三十九年、東京オリンピック大会がカラーテレビで放映されたその年に、私は島田市立川島小学校に赴任した。

叶うことなら小さな山の学校に行きたいと思っていた私の就職先は、面接の席で三分もかからないうちに決まった。

――児童数は百名足らずの学校だが、すぐそばを流れている伊久美川では鮎が釣れるし、大井川も近くていいところです。

面接官の説明に私の夢は広がり、高揚した気分のまま赴任先が決まった。長い時間バスに揺られて通う山間の学校が提示されるのではと思っていたが、何といっても、鮎の釣れる川――、私はそこに惹かれた。今にして思えば、社会を知らない幼稚さに恥じ入るばかりだが。

伊久美川の清流が大井川に注ぐ山間の地にある川島小学校に五年勤めたが、五年目には児童数が減少して、複式（二つの学年を一つにして指導する方式）学級が生じた。次の年に私は転勤した。その翌年には、児童数減少のために他校と統合して川島小学校はなくなった。

川見君の「学校だより」には、一・二年生、三・四年生、五・六年生がそれぞれ複式学級とある。写真を見ると、一・二年生は八名、三・四年生二名、五・六年生が四名となっている。地域の様々な実情があるのだろうが、この児童数に校長、教頭、二名の教諭、養護教諭が配置されて一校が存続していることを私は羨ましく思った。地域の学校が守られているからだ。

「校長室から」の四月号には、「縁あって、自然豊かで星もきれいで、人の温もりのある久万高原町に赴任しました。赴任した後、多くの方々から声を掛けていただきました。（略）すぐお目にかかれる方だけではありません。私ごとですが、縁あって私は中学校生活の半分を遠く静岡県で過ごしました。父の転勤のためでした。そのときの担任の先生に挨拶状を送ると懐かしい文字で手紙が返ってきました。この先生には、はるばる松山市まで私の結婚式にも来てもらいました」とあった。

そうだった。彼は島田K中学校の一年生に中途転校して来て、二年生のときに私が担任となった。転校生によくあることだったが、四国の言葉で話す彼は、なかなか友だちに馴染めず辛い思いをしていた。加えて積極的な性格だったので、ときに対立したり孤立したりしていたが、悩みながらも強気で乗り切っていった。

高校も静岡県の学校にと親子ともに決めていたが、三月になって急に父親が大阪市へ転勤となって、川見君は三月下旬に松山へ帰った。

彼の結婚式には、初めて松山市を訪れる妻を伴って出掛けた。式や披露宴の間に妻は観光巡りをすることにした。

私は松山市を十年ほど前に巡っていた。川見君が高校一年生を終えた年の春休みだった。彼や彼の母親から、一度遊びに来るように言われていたので、神戸市に私用で行ったついでに松山へ足を延ばし、彼の案内で道後温泉や松山城、子規記念館などを訪ねたのだった。彼の家へ一泊して帰ったが、私よりもはるかに身長の伸びた若木のような高校生が実に頼もしかった。

「校長室から」は、次のように続いている。「その先生から先日、『今、NHKラジオで久万高原町が紹介されているよ』と電話があり、すぐにラジオを聞いてみると、確かにこの町の放送でした。内容は、林業の作業中に事故が生じても、所持している端末から救助を要請できるこの町の先進的な防災システムの紹介でした。静岡県に住む先生が、ラジオを聞いて久万高原町と私を思い出して、すぐに連絡してくださったことに驚きました。改めて、遠くからも自分が見守られていることに心の温まる思いがしました」と。

九月のある夜、夕食後のラジオを聞くともなく聞いていたとき「久万高原町の……」と聞こえた。再度地名を確かめてから川見君の携帯へ電話をした。幸いすぐにつながって、ここに書かれていることと相成ったのだった。

十一月の初めに懇意にしている島田市議会の大倉議員が私の家へ来た。お茶を飲みながら二時間ほど雑談をした。島田市は本年度四月からY小学校をH小学校へ統合し、M中学校をK中学校へ統合した。さらに北部地区に長い歴史を持つ四つの小学校すべてを二年後にF小学校に統合することが決まっているという。四校のうちの二校に私は勤めたので他人事とは思えなかった。

――北部地区は学校なしの地区になりますが、本当にいいんですかねぇ。

大倉議員は納得がいかないままでいるという。私は川見君の「学校だより」を紹介した。

――愛媛県では、全校児童十四名の学校が、地域の学校として存在しているんですねえ。島田市のように児童数が増える見込みはないから、早い時期に統廃合をする。しかも一度に北部地区の四校をというのは暴挙だと思いますよ。

私は率直に思うところを話してさらに続けた。

――学校を地域からなくすことは、地域の将来にかかわる重要な問題で、教育委員会だけでなく市全体の問題として考えるべきだと思います。農業課も福祉課も市民課も地域の将来を見通して学校の存在意義を考えるべきかと。それに、市としては、小さな学校を統廃合する方向だけで考えるのではなく、いかに存続させるかという方向も同時に持ち合わせるべきだと思います。

数日後、大倉議員から連絡があった。川見君の「学校だより」を親しい議員に見せたと言う。

――二人の議員が久万高原町の学校視察に行きたいと言い出しましてね。あちらの教育委員会に問い合わせをしました。来年一月か二月なら受け入れてくれるということでした。

私はその夜、川見君に電話をした。彼は視察の件について町の教育委員会から連絡を受け、承知していた。

――久万高原町の学校へ他県からお客さんが来ることはめったにないそうです。

そう言う彼に、私は島田市の学校統合の動きを伝え、

――久万高原町立の学校のありのままの状況を話してくれればいいので。

と、付け加えておいた。

一月七日、大倉議員から連絡があった。視察には大倉議員と他に二名、一月十四日の午後に久万高原町の学校に行くと言う。

――一緒にどうですか。

思いがけない誘いに食指が動いたが、新型コロナ第六波が急速に広がる気配を見せているときだけに、遠くへの旅行は思い留まった。

十四日の夕刻に川見君から電話があった。三名の島田市の議員に、学校の実情を話したとのこと。電話は続いた。

――この機会があって、自分の学校の歴史を調べることもできました。以前には統合した歴史がありました。現在の中学校は部活動が成り立たないことが大きな理由で統合したのだそうですが、町としては小学校の統合は考えていないことも伝えました。

視察対応への礼を伝えて電話を切った私には、児童数十四名の学校に児童数の増加は見込

まれるのか、見込まれないとすれば統合することも考えるだろうに……、などと勝手な思いが交錯した。

島田の議員たちはどのような受け止め方をしたのだろうか。大倉議員からいずれ報告があるだろう。が、それよりも私には島田市と愛媛県の山間地との間に、たとえ一時期であっても繋がりが生じた偶然性が何とも興味深く思われた。

私も近い将来、久万高原を訪ねてみようか――。川見健君がいる間に。

地蔵祭り

回覧板に地蔵祭りの通知が挟まれていた。コロナ禍のために三年間見送られてきた「恐山旗指地蔵尊」の祭りを八月二十六日に行うという。ただし、従来のように子どもたちの盆踊りや夜店はなく、地区の役員だけで運営するとある。コロナ感染がいまだしぶとく広がっているとき、よく実行する運びとなったものだ。

島田市内には他にも地蔵尊があり、例年祭りが行われているようだが、私は自分の住む旗指地区にある地蔵祭りしか知らない。

この地区に移り住んでまもなく、組長の役が順番で回ってきた年の八月二十六日、ふだんは狭い境内に蟬の声しか聞こえないお堂の格子戸が開けられ、祭壇が飾られた。夕方にはスピーカーから音楽が響いた。夜には数軒の夜店が並び、子どもたちの踊りの輪が境内に広がり、大人たちもその輪に入って踊った。

午後からお堂の前にある公会堂に詰めていた私たち役員は、お堂の周辺の通りに立てた雪洞《ぼんぼり》に灯を入れて回ったり、昔から使われてきた蒲鉾の板のような摺り板に用紙を乗せて、ばれんで擦《こす》っては札《ふだ》を作ったりしていた。

浴衣を着た子どもたちが、夜店で買い物をしたり、金魚を掬《すく》ったりする姿は、今でこそ見られなくなったが、子どもたちにとっては、特別な楽しみに違いなかったことだろう。

この「旗指地蔵祭り」は、大人が運営するが、一般の大人は地蔵尊に参ってからは、子どもらの踊りを見たり、子どもと店を回ったりするだけで時間を過ごす。地蔵祭りの中心は子どもたちだ。

私が小中学生の頃、兵庫県北部の片田舎の村にも地蔵祭りはあった。やはり子どもが中心だった。

八月二十三日、集落から少し離れた稲田の中に建っている地蔵堂の格子が中学生の手で取り外され祭壇が組み立てられる。長い夏休みの単調な生活の中にあって、このような行事があると私たち小学生はお堂の周りに行って胸を高鳴らせていた。日暮れまで参りに来る人々の動きを見ているだけだったが、中学生は、太鼓を叩き、地区の大人が持ち寄る供物を祭壇に飾っていった。

小学生は、持参した重箱を早く祭壇の下に並べたがった。祭りが終わると中学生が供物を小学生の重箱に分けてくれる。菓子があり、ぶどうや梨があり、団子があった。小学生たちは、胸をときめかしながら重箱を抱えて夜道を家に帰るのだった。中学生たちは、その夜、堂にこもり、供物を食べトランプ遊びなどをしながら夜明けまで遊んだ。これは大人たちも認めてきた伝統行事だった。中学生といえども、三年生が集団の権限を握っていたので、私たちは早く三年生になりたいとこのときばかりは切望した。

その中学三年になった地蔵祭りの朝、まだ夜の明けない山道を、私たち中学生七、八人は鎌を持って登って行った。やがて昨年も来た野原に着く。私たちは早速作業を開始した。ようやく明けてきた薄明かりの中で、目を見開いたように張りつめた青紫色の花弁に夜露を宿している桔梗《ききょう》を切り取っていくのだ。頼りなげに伸びている女郎花《おみなえし》も切っていく。夜が明けた頃には、大量の桔梗と女郎花がいくつもの籠に溢れた。私たちはその足で、地蔵堂に戻り、花籠を並べておいて、三年生が地区の古老の家へ花を取ってきたことを告げる。ぐっしょりと朝露に濡れた衣類を替えて、朝食をすませてお堂に行くと、二、三人の古老が、筒の花瓶に桔梗と女郎花を揃えて活けていた。その花が階段状の祭壇の所々に置かれると堂内に祭りの雰囲気が広がってきた。

音楽設備のない時代、私たちの叩く太鼓の音に誘われて、午後からはお供えを持って大人たちが参りに来る。

ふだんはまっ暗なお堂が、この夜だけは、提灯と蠟燭の明かりに彩られて賑わうのだった。ことに中学生にとっては、自分たちで運営できる唯一の年中行事なので、その面白さは別格だった。

翌朝、堂内を掃除して、祭壇を畳んでから、三年生が古老の家へ賽銭を届けてお礼を言った。

私は回覧板の「旗指地蔵祭り」のチラシを手にとって、自分の中学生の頃の地区の地蔵祭りを回顧しながら改めて思うことがあった。

テレビもゲーム機もビデオもなかった時代。しかし、そこにあったのは、子どもどうしの繋がりと、地域の大人と子どもの繋がりだった。中学生は自分たちの力で小学生の面倒を見ながら、地区の伝統行事をやり遂げた。そして、小中学生の動きを遠くから見守る大人たちの存在があった。

昨今の時代はどうか。中学生が小学生とともに活動することがなくなって五十年以上経つ。私たち大人は、同じ地域に住む中学生をほとんど知らない。このような状況はいっこうに変わる気配がない。だが、考えなくてはならないのではないか。例えば災害が日中に発生した場合、高齢者の多い地域において、即戦力となるのは中学生である現実を、私たちは再認識する必要があるのではなかろうか――。

私はかねがね「旗指地蔵」と標示されるとき、頭に「恐山」と書かれているのはなぜかと疑問に思っていた。現在もお堂から三百メートルほど離れた東、附属中学校の裏通りと、南、旗指橋の袂《たもと》に「恐山旗指地蔵」と書かれた標柱が枯木さながらに建ち残っている。日本列島の東端にある「恐山」と関係があるのか……。

十年ほど前に、青森県の恐山に旅行をする機会があった。硫黄《いおう》の白煙が至るところに吹き出している通称「地獄」を巡り、白砂青松の湖、通称「極楽」を巡った。「地獄」のあちこちの通路には平らな石を積み重ねた小さな塔があり、色のついた風車《かざぐるま》が添えられていた。亡くした子どもの霊を供養したものだという。

本堂に入ると正面に掲げられた大きな額に圧倒された。額の絵には鮮やかな青紫色の衣をまとった躍動的な若い僧の姿があった。瞳は大きく澄んでおり、地面を踏む足には力が漲っており、合掌する仏の像とは全く異なって、行動する若者が額から跳び出してきそうだった。

こんなに若い菩薩があるのか――。寺に備えられている説明書きには「地蔵菩薩は若い僧の姿で現れる通念から子どもの守護神的な面が強くなった」とあった。「地蔵祭り」が子どもとの繋がりが強い訳がわかったが、この恐山の地蔵尊と私の住む島田市旗指の地蔵尊とはいかなる関係があるのか――、疑問を抱いたまま帰った。それから数日後に旗指地蔵尊のお堂へ寄ってみた。境内の隅に建てられている長方形の碑には、次のような内容が刻まれていた。

――明治の半ば、この地に疫病が流行し収まる気配がなかった。この地の寺の住職（高僧）が、青森県の恐山の住職と親しかったので、地区民数人を恐山へ遣わせて（青森までの鉄道は開通していた）、恐山の地蔵尊の分体をもらい受け、その分体を旗指地区に祀って疫病平癒を祈願した。やがて疫病は平癒した――と。

私の疑問は解けた。が、当時、よくぞこの地から青森県のはずれまでを往復したものだと、その行動力に驚くばかりだ。

こうして私のふるさとの素朴な地蔵祭りと恐山に繋がりのある現在地の地蔵祭りとを重ね合わせていると、そもそも地蔵尊とはどのような仏であるのか——素朴な思いに駆られた。

地蔵菩薩とは、苦しむ衆生を救済する菩薩。多くの物を生み出す大地の神格化された菩薩と解説されている。恐山の本堂に掲げられていた若者の地蔵尊。改めてあの足の裏の大きさと大地を踏みしめる力強さが甦ってくる。大地のエネルギーを我が身に取り込み、そのエネルギーを放出することによって衆生を救う地蔵尊と考えてよいのではないか。

ここまで書いたとき、花火の音が谷間の団地に轟き渡った。八月二十六日、午前九時、旗指地蔵尊の祭典合図の響きだ。曇天、降らねばよいが——。

大井川花火大会

九月九日、土曜日。雨天のために延期されていた「大井川花火大会」に向かう人々が、まだ日中の暑さの残る旧東海道に三々五々流れ込んでいく。二人連れ、三、四人連れ、家族連れと続く中には、お祭り気分で浴衣姿の子どもや若い女性が跳ねていた。既に車の通行規制が行われているので歩く人ばかりだ。

その通りの大井川寄りに妻の実家があるので、私はそこで石神君を待った。六時半、約束通り、通行規制のない狭い道から石神君の仕事用の車が姿を見せ、続いてもう一台、軽自動車が入ってきた。軽自動車からは四年生くらいの女の子を連れた夫婦が降りてきた。石神君の知人とのこと。

私たちは人の波に入って河原へ降りた。既に大勢の人々が堤に陣取って団扇を動かしている。石神君が受付でカードをもらい、指定の桟敷へ私たちも陣取った。

広大な河川敷にブルーシートを敷き詰めた桟敷は、打ち上げる花火に出資をした関係者の観覧場所だが、長く座っていると足が痛くなってくる。厚めの敷物が必要だ。石神君は個人会社を経営しているが、この花火大会に出資をして知人を招くことを夏の楽しみの一つとしている。ナンバーの示された十畳ほどのシートに座り込んだ私たちにとっては贅沢すぎる広さと見物場所だ。

大井川の流れや河原は夜の帳《とばり》に包まれているが、彼方に連なる牧之原台地の稜線が切り取った絵のように浮かんでいる。その影も黒々となった頃には、桟敷全体も多数の人影で埋まっていた。

石神君が用意してくれたボックスから缶ビールやつまみを取り出して、私たちは乾杯をした。女の子は母親の持参したおむすびを食べ始めた。

石神君は、私たちのほかにも声をかけたが、由美さん一家だけが遅れて来るという。

――こんな涼しい風に当たるのは何日ぶりかねぇ。

女の子の父親はシートに大の字になって秋の涼気を忍ばせた風を満喫している。確かに涼風はこの夏の異常な暑さを掻き消すように心地よかった。

石神君が携帯電話で対応しながら靴をひっかけて入り口へ向かった。由美さんが来たらしい。

――毎年安倍川の花火に行くんですが、こっちの方は席がいいですねえ。席を探すのに苦労しますから。こうして寝転がっているなんて最高ですよ。

――私も娘もここは初めてなんですよ。ゆっくりできるだけでも幸せです。

母親も寛《くつろ》いでいるようだ。

――今晩は。お久しぶりです。

照明の明かりを受けて由美さんが笑っている。

――娘夫婦と孫です。そのあたりに座ります。

由美さんの家族は、私たちの斜め前に席をとった。由美さんが二歳くらいの女の子を膝に乗せて――。

石神君と由美さんは同級生だから五十七か八か、若いお祖母さんだ。

同級生の二人は、中学二年生の一年間、私のクラスにいた。翌年私は転勤したが、その年石神君の父親が急死したため、彼は高校進学を諦めざるを得なかった。

静岡市内にある蕎麦屋へ住み込みで就職した。十五歳の石神君は週に一回の定休日には毎回実家に帰って唯一人の兄と過ごし、ついでに私の家に来て時間をつぶして静岡へ帰って行くことが多かった。

――十年の辛抱だから。

私は毎回同じことを言って彼を励まし続けた。十年の年季が明ければ「暖簾分け」をしてもらえることになっていたからだ。

十年を勤めあげた彼は紆余曲折を経て、五十歳にしてガスの配管会社を立ち上げ、静岡市に事務所を構えた。が、今も自ら現場に出て仕事をする生活を続けている。

由美さんは石神君の実家近くに住んでおり、顔を合わせる機会も多かったので花火にも誘って私とともに毎年参加して来た。

すっかり暮れてきた空には、星が一つ、二つ光り始めた。大きな音で花火提供企業名が紹介されていった。石神君がパンフレットをかざして告げた。

――うちは二番目か三番目だからね。

河原からひゅるひゅると犬の尻尾のような黄色い炎が何本もくねりながら上がっていくと、弾ける音とともに暗い空に火花が炸裂した。炸裂音はしばらく連続した。そのたびに赤やピンクの火花が飛び出しては宙の闇に吸い込まれて消えていった。

アナウンスの紹介が聞きとれなかったが、

――次ですから。

石神君が紹介してくれた。音楽に乗って打ち上がった火の玉から、大きな傘のような火花が降ってきた。あちこちから歓声が上がっている。

――見事ですねぇ。

女の子の母親が感嘆の声を上げる。

――こんな近くで見るのは初めてです。迫力満点ですね。

石神君の会社は他の会社と合同出資とのことだった。

――年に一度、これが楽しみで仕事しているんでねぇ。

そういえば、会社設立以来、毎年石神君の招待に私は甘えてきた。夏の一夜の華やかな夢の競演を楽しませてもらってきた。

島田で仕事があるときには、電話で誘ってくれる。いつも行く店のカウンターで一緒に飲みながら、私は彼の仕事の話を聞く。家やマンションの配管工事の話は、私にとって新鮮だった。

会社を設立したものの従業員は年配の経験者が一人なので、大きな仕事を請けるたびに何人かの人手を調達しなくてはならなかった。事務員もいないので彼は経理も処理していた。最近になって、ようやく事務員を雇うことができ、税理士も付いたという。花火が打ち上がるたびに感嘆の声を発している女の子の母親が事務員だという。

そのような苦労話をしながら寛ぐ石神君に、これまで私は何度となく結婚を勧めてきた。将来を約束した相手がいると聞いたのは二十年も昔のことだが、その後の話は曖昧なままに霞んでしまっている。今さら蒸し返すのも不快なことだろうと思って私も遠慮しているのだが、何とかいい縁があればと願っている。結婚して妻が会社の経理を担当する――というのが、私が彼に示した経営案だったのだが。

花火は後半に入った。暗い空は何枚ものフラッシュが鮮やかな色彩を点滅させて花畑と化す。

――トイレ、大丈夫ですか。

石神君の声に応じて私も立った。入り口から二百メートルばかり離れたところに十個ほどの特設トイレがあったが、いずれも長蛇の列となっており、二十人ほどが並んでいる。私たちはさらに百メートルばかり歩いて常設トイレへ行った。五人ばかりを待つだけで順番が取れた。が、メイン会場から離れているので照明が届いていない。足許に気をつけて歩かなければ危ない。小型のライトを持ってくるべきだった。

桟敷は人の影で埋まっていた。テンポの速い音楽が一段と大きくなり、大会はクライマックスを迎えた。まっ暗な河原の中空に四か所、赤い線が新体操のテープのように数本交叉したかと思うと、その中の一つがまっすぐ上に尾を引いて上っていった。消えると同時に四か所の上空に華やかな曲線が波打つ。と、その曲線から何枚もの花弁が弾き出され、闇が一瞬、先ほどにも増して明るい花園と化し、無数の花弁が桟敷に降りかかって来そうになっては消える。この千変万化の演出が数分間続いて観客は酔い痴れる。

帰りは人の波が長々と続き、私たちも石神君の車まで長蛇の列に流されて辿り着いた。さて、そこからどうして帰るか――。女の子の親子は、母親の運転で帰って行った。ビールを飲んだ石神君は車を置いて、明日取りに来ることにした。私は妻に迎えを頼んだ。が、二十分経っても三十分経っても妻の車は来ない。夜の運転をしないようにしている高齢の妻に頼んだことを後悔した。一時間近く経って車が来た。

――車がいっぱいで動けなかったの。まだまだ混んでるけど逆方向から帰ってみようか。

遠回りをして、ようやく石神君を自宅へ送り届けてから私たちは家に着いた。花火の余韻はいつか消えていた。

私はお茶を飲みながら、来年からは花火を見に桟敷へ行くのはやめようか……と思った。足許が危ないこと、トイレの待ち時間が長いことに加えて、帰りに要する時間が長過ぎるからだ。石神君の厚意を無にすることは忍び難いのだが――。

郵便はがき

料金受取人払郵便

新宿局承認

2524

差出有効期間
2025年3月
31日まで
(切手不要)

160-8791

141

東京都新宿区新宿1－10－1

(株)文芸社

愛読者カード係 行

ふりがな お名前		明治 大正 昭和 平成 年生 歳
ふりがな ご住所	□□□-□□□□	性別 男・女
お電話 番 号	(書籍ご注文の際に必要です)	ご職業
E-mail		
ご購読雑誌(複数可)		ご購読新聞 新聞

最近読んでおもしろかった本や今後、とりあげてほしいテーマをお教えください。

ご自分の研究成果や経験、お考え等を出版してみたいというお気持ちはありますか。

ある　ない　内容・テーマ(　)

現在完成した作品をお持ちですか。

ある　ない　ジャンル・原稿量(　)

名				
買上 店	都道 府県	市区 郡	書店名	書店
			ご購入日	年　　月　　日

書をどこでお知りになりましたか?
1.書店店頭　2.知人にすすめられて　3.インターネット(サイト名　　　　　　　)
4.DMハガキ　5.広告、記事を見て(新聞、雑誌名　　　　　　　)

の質問に関連して、ご購入の決め手となったのは?
1.タイトル　2.著者　3.内容　4.カバーデザイン　5.帯
その他ご自由にお書きください。
(　　　　　　　　　　　　　　　　　　　　　　)

書についてのご意見、ご感想をお聞かせください。
内容について

カバー、タイトル、帯について

弊社Webサイトからもご意見、ご感想をお寄せいただけます。

協力ありがとうございました。
※お寄せいただいたご意見、ご感想は新聞広告等で匿名にて使わせていただくことがあります。
※お客様の個人情報は、小社からの連絡のみに使用します。社外に提供することは一切ありません。

話来園《わらいえん》「南天」

七月九日、木曜日。一週間続きの雨だ。週一度の地域高齢者が「南天」に集う日だが、高齢の利用者にとっては、濡れたり滑ったりする心配があるので、前日にスタッフが相談して雨の降り方を見て実施するかどうかを決めることにした。実施する旨の連絡は朝のうちに回ってきた。

妻は昼食を作るチーフなので、食材を入れたバスケットを車に乗せて、八時半頃に小雨の中を出掛けた。三十分ほど後に私も家を出た。いつもは庭に咲いている花を切るか、途中のバイパスの堤あたりで見つけた花を切るかして持っていくのだが、今朝は雨のためにその余裕がない。手近に花がないときは、妻が食材を買うついでに花も買っている。

「南天」のテーブルに花を活けておくと、来た人たちがその花を話題にして話にも花を咲かせるのが常だった。

先日、バイパスの登り口に咲いていたアザミを活けたときには、

――もう咲いてるだねぇ。家にばっかりいると外の景色が見えんようになってさぁ。

――いい色だねえ。在所の畦によく咲いていていたっけ。

――あんたの在所はどこだっけ。

と、アザミがきっかけとなって話が広がった。

稲荷町にあるこの「南天」は、私の次男の家だが、独身の当人は二階に住み、階下二間を通して近所の高齢者の集う場にしており、「話来園　南天」と書いた看板を掛けている。利用者は毎回十三名ほどだ。稲荷町の女性ボランティア九名に私たち夫婦と次男が加わって運営しているが、ボランティアは半数ずつが交替で参加している。私たち夫婦は毎回、次男は他に勤めているので、都合のつくときだけの参加となっている。

九時十分。妻は既に台所で音を立てて胡瓜を手早く刻んでいた。

私が妻の用意したバラをテーブルに飾って椅子を整えていると、

——お早ようございます。

若い頃から詩吟を続けているという宮野さんのよく通る声がした。十時からだが三十分以上も早い。

——雨でしょう。主人に急かされて、早く来すぎちゃったけどいいかしら。

——どうぞどうぞ。いつもの席へ。

スタッフも来る。今日のスタッフ六人に加え、私たち夫婦。ゆっくりと歩いて来る人、腰をかがめて来る人、シルバーカーを押して来る人と、今日の利用者は十二人。

私はスタッフとともにお茶を淹れる。利用者の持ってきてくれた菓子をテーブルに置く。部屋は賑やかになってきた。機を見計らって、担当のスタッフがレクリエーションを始める。

さて、本日はどんな遊びになるのか――。

事務室で一休みをしていると、スタッフのリーダーが顔を出した。

――今日のスタッフはレクの準備がないので、何か話でもしてください。

このようなことは、これまでにも何回かあって、そのたびに私の出番となる。急に言われても困るので、いつも材料はいくつか用意していた。

――皆さんお早うございます。雨続きの毎日ですが、皆さんの明るい声で雨が止んだようですよ。さて今日は、私の出すヒントを聞いて、それが誰であるか当ててください。

私は「私は誰でしょう」のクイズを始めた。

――第一ヒント。私は人間から生まれずに植物から生まれました。

席がざわつく。首をかしげている人もいる。ややあって、

――第二ヒント。私はお爺さんとお婆さんに育てられました。

――桃太郎！

すかさず答えが返ってきた。ボードに「桃太郎」と書く。私は皆さんの表情を見ながら、エジソン、ヘレンケラー、家康、湯川秀樹、と進めていき、それぞれの人物のエピソードを紹介していった。例えば、湯川秀樹はノーベル賞を受賞する以前には、他の科学者たちとともにこの島田市において秘密兵器の研究・実験をしていたことなどを。

さて次は、

――私はやくざの親分です。

すぐに何人かが答えた。

――清水次郎長。

ところが次の問題の答えが返ってこない。

――江戸は元禄の頃、私は俳句を作りながらあちこちを旅しました。そして島田宿にも泊まったことがあります。

しばらく沈黙。スタッフからも応答がない。すぐ前の人が呟く。

――……一茶かな。

――残念。川止めにあったそのときの私の句は、さみだれの空吹き落とせ大井川。

座は白けた空気になりかけたので、すかさず次のヒント、

――古池や蛙とび込む水の音。

と言うと、二人が芭蕉の名を返してきた。私は芭蕉が大井川の川庄屋の家に泊めてもらい、島田の人たち数人とともに俳句を作った話をした。

――まあ、芭蕉が島田へ泊まったなんて、初めて知りましたよぉ。ほれ、この人ですよ。

宮野さんが手提げバッグから詩吟のテキストを出している。そこには芭蕉の句が三句載っていた。

――タイミングがいいですね。宮野さんに芭蕉の句を詩吟で聞かせてもらいましょう。

以前にも吟じてもらった宮野さんは、すぐに座ったまま背筋を伸ばした。八十過ぎの年齢と思えない艶と張りのある声が部屋中に響き渡った。三句を吟じ終えると、拍手を浴びながら肩でほっと息をして宮野さんは一礼した。

スタッフがテーブルの上を片づけて昼食の準備を始めた。玉子丼にカボチャの煮物、切干大根の煮物、胡瓜の酢の物、それに味噌汁がついている。

楽しみの昼食の開始。味の感想や味付けの仕方など話題には事欠かない皆さんだ。

——今日のカボチャは、醬油を使わずに塩と出し汁だけで煮てみました。

妻が利用者の質問に答えている。私たちスタッフは、利用者の後ろの狭いテーブルで食べる。

食後は、食器をそのまま置いて、雑談タイムとなる。利用者は女性ばかりなので話は延々と続く。男性であったら早々に話は途切れてしまうだろう。

テーブルの食器が片付けられた後、歌を歌ったりゲームをすることもある。また、足のマッサージ器を使ったりソファで寛いだりと、自由に過ごす時間ともなる。

十四時近くなると、利用者は五百円を、スタッフは三百円を出す。これが本日の場所代だ。スタッフ代表と妻とが計算処理をして年度末のスタッフ会で報告することにしている。

十四時、散会。利用者に続いて、食器の片付けを終えたスタッフも帰った。私は使った部屋にクリーナーをかけた後、数か所のごみ箱の処理をして次回に備える。その間、妻は台所で三人前の食事を整えている。配達用の食事なのだ。

というのは、地域の活動として「南天」を運営していくなら、地域の高齢者の中で夕食を希望する人があれば、週一回きりだが配食しようという方針をスタッフ一同で決めたのだった。独り暮らしの人への小さな応援を、という私の提案だった。私には、かつて独居生活をしていた祖母の晩年を看た体験があったので、このような提案をしたのだが、三軒の家へ一食五百円で配食をしている。今のところ、ほとんどの準備が妻一人にかかっているが、これからはスタッフの手を借りなくてはならない。

今年の四月、五月は全国的に広がったコロナ禍のあおりで自粛が求められて「南天」も止むなく休業を続けた。その間、私は「南天だより」を作った。A４一枚に大きな文字で、野や庭に美しく花が咲いていること、その美しい花を眺めることのできる日を待ちましょう、としたためて皆さんの家へ届けておいた。

数日後に、次男が一枚の葉書を私と妻に見せた。八十八歳の佐野さんからだった。丁寧な文字で記してあった。

――お便り有り難うございました。南天が休みでつまらないです。家族のように話せる皆さんに早く会いたいです――と。

「南天」が少しでも地域の高齢者の皆さんに役立っているなら私たちスタッフもやり甲斐がある。ましてや、佐野さんが感じている家族のような繋がりが生まれれば貴重な場所となる。

大勢の集う場所よりも、「南天」のような小さな場所で、家族のように接することのできる場所が、市内の各地にできていけばと思う。

私も妻も高齢者だが、このようなささやかな願いを持って、今しばらく手伝わせてもらおうと思っている。

梅の里

梅の里、沢下《さわした》地区の山裾に、胡座《あぐら》をかいたようにどっしりとした古い屋敷がある。玄関には厚い曇りガラスの戸が入っている。山根雄治さんの家だ。今年も、屋敷の横手に広がっている斜面の梅林に白と紅の花が開き始めた。

しばらく前の慌ただしさは去って、いつもの静かな佇まいに戻っている。家に上がると、廊下の左手に八畳の間が続いており、鴨居には欄間が入っている。黒光りのする柱は直立した武士のように強靭で長い歴史を仕舞い込んでいる。

座敷の奥には、白い布のかかった祭壇が葬儀のときより小さく置かれ、白菊や百合の中にしまさんの遺影がある。しまさんは和服の襟に包まれるようにしてわずかに微笑んでいる。私は線香を立ててから、持参したタオルで頭を覆い作業にとりかかった。

——しまさん、始めさせてもらいますよ。

私は誰もいない台所へ入った。鍋も調味料も器類もテーブルに揃えてある。そこへ雄治さんが葱を掴んで入って来た。

——やっぱりこれがたっぷりあった方が旨いからね。汁《つゆ》は味噌か醤油か、去年は醤油味だったかな。あんたに任せるよ。

雄治さんは、気忙しく座敷の方へ行った。山芋を擂りおろすのだ。常連の二人も来て、くねった杖のような自然薯を擂り始めた。三島市に住んでいる雄治さんの姉さんもしばらくは滞在するらしく、買い物袋を提げて帰ってきた。私はもっぱら台所で汁を作り、葱を刻み刺身を盛りつけた。恒例の山芋会が賑やかに始まっていた。

恒例とはいえ、梅の花の季節に、しかもしまさんが亡くなって十日も経っていないときに行うのは異例だ。すべては雄治さんの胸の内にあってのことだった。

八日前の冷え冷えとした夜、この部屋でしまさんの通夜を行い、翌日には出棺をしたのだ。私は親交の深い雄治さんから依頼があったので初めから葬儀の手伝いに携わった。だから、昨日、雄治さんから山芋の会の連絡を受けたとき、私は一瞬躊躇《ためら》った。――初七日が終わったばかりなのに……。が、雄治さんは決めているようだった。

――調子もんのお袋が淋しがってると思ってさ。毎朝線香をあげるだけじゃあ、何か足りないだよねぇ。

私には雄治さんの胸の内が読み取れた。

例年、秋が深まった頃、梅の里からお呼びがかかった。私と他の二人が雄治さんの屋敷で、鯖の出し汁を作り、山芋を擂りおろして擂鉢たっぷりにとろろ汁を作り上げるのだった。

最近は、でき上がる頃を見図らって、雄治さんが母親のしまさんを呼ぶ。居間から両脚を引きずるようにして出て来たしまさんは、長テーブルに着くと顔馴染みの私たちに手振りを交えて、とても九十半ばと思えない声で、

――ごめんねえ。今日はおしゃれをする暇《いとま》がなくてすっぴんだけえが。

にんまりと笑って首をすくめるのだった。できたてのとろろ汁を刺身にかけて雄治さんが差し出すと、

――待ってただよ、この味を。

実に旨そうに食べる。ふだんは、家の周辺の草取りをしたり、梅林の下草を取ったりしていたしまさんだが、外出をしたり来客があったりするときには、朝のうちに入念に化粧をして口紅も引くことを忘れない人だった。

そのしまさんが、

――今日らぁ、梅林へ上れんようになっちまってさぁ、下草も取れんだよぉ。

と言ったことがあったが、あれはもう三年も前のことか……。

私が雄治さんと親しくなってから、二十五年も経つ。私が沢下小学校の教員として勤務したとき、地区の学校関係の役員をしていた雄治さんと意気投合し、他の二人の役員とともに交流が続いてきたのだった。

雄治さんは、私より六歳若く、農機具や製材機具、製茶機具などを備え付けたり修理をし

たりする技術者だが、自宅の梅林や田畑も守り、山根家を一人で切りまわしている忙しい人だ。十数年前に父親が亡くなった後、茶畑は人に貸したが仕事量は目に見えるほどには減らなかった。雄治さんの奥さんは金融関係の会社に勤めており、家の農作業に手を出す余裕はなかった。長男は隣の町で家庭を持ち、長女も静岡市内で二人の子の母親として家庭を持っている。

二年前の十月、雄治さんが、私の妻と次男が運営しているデイ・サービス「南天」に顔を見せた。私もそこのボランティアとして毎日手伝いに行っていた。「南天」は、普通の住宅で、二階に独身の次男が住み、一階の八畳二間を通しとして福祉施設に改造した小規模の事業所だ。開所してから三年目を迎えていた。

狭い事務所で、雄治さんは刈り上げている頭に手をやりながら、真剣な目を私と妻に向けた。

——お袋が家の中ばかりにいるようになっちまってね、人と話すのが好きな婆さんが引きこもってちゃあ困るんで。「南天」のデイ・サービスに通わせたいが空きがあるかとのことだった。妻は即答した。

——空きはあるからどうぞ。しまさんのことだからすぐに皆さんと仲よくなりますよ。

通い方についても詳しい説明をした。しまさんは九十六歳。既に介護認定が行われていたのでケアマネージャーへの連絡も妻がすることにした。雄治さんは安堵の色を浮かべて帰った。

次の週から週三日の通所が始まった。朝、雄治さんが軽トラックにしまさんを乗せて「南天」へ送ってくる。軽トラックから雄治さんはゆっくりとしまさんを降ろし、杖を持たせて背中を抱えるようにして玄関まで送ってくる。私や職員が軽トラックから降ろすときもあるが、そんな折にはくっきりと紅を引いた口もとをほころばせて言う。

――若い衆、このお婆を頼みます。

毎回のことだが、しまさんは軽トラックで帰る雄治さんに必ず一声かけてから歩き出す。

――ありがとさん。

雄治さんは、その声を聞くか聞かぬうちに忙しく車で走り去る。――お袋は俺が看る。軽トラックの後ろにはそんな表示がされているように思えるほど雄治さんは母親を気遣っている。

脚を引きずるようにして歩くしまさんは、

――ほうれ、よいしょ。

と、拍子をとりながら進む。部屋に入ると、既にテーブルについている数人に、

――お早うございます。今日もお願いします。

律気な挨拶をして席に着く。

――その紫のネッカチーフがいいよぉ。

前の席の人から早速声がかかる。

――そうかぇ。

しまさんは首をすくめて笑う。こうして、しまさんを話の種にして和やかな「南天」の一日が始まるのだった。

秋には「南天大運動会」を催した。選手八名が四人ずつ紅白に分かれて、畳の運動場で競技に挑むのだ。その日、軽トラックから降りたしまさんは、何と上下とも茶色のスポーツウェアではないか。意気込みが違う。

入場行進。廊下に整列した選手が紅白の鉢巻を締めて、自分たちで作ったプラカードを先頭に部屋に入って一周する。響く曲に脚を引きずったり、車椅子で動いたりする堂々たる行進。

まずは玉入れ競争。玉も通所者の皆さんで新聞紙を丸め、それに絵の具で赤と白の色をつけたものだ。椅子に掛けたまま必死でボールを投げ上げる。騒然とした中に、しまさんの掛け声がひときわ大きく聞こえる。

次のパン食い競争では、杖をついて進み出したしまさんは、吊るされたビニール袋のパンを下から歯をむき出して鬼の形相さながらに食いちぎった。

競技ごとに紅白の点数が示される。

――ようし、負けちゃあならん。

またまた力が入るのだ。九十六歳の選手のどこから伏流水のような力が湧き出てくるのか

――。もっともしまさんは、山根家に嫁いで来て以来、田畑と梅林と茶畑とを守り続けてきたのだから、並々ならぬ底力が蓄えられてはいるのだろうが。

特製の運動会弁当を広げ、選手たちは子どもの頃の運動会を思い出して賑やかに食事をとった。閉会式には、八名にそれぞれ賞状が渡されて、大運動会は終わった。

このように元気なしまさんが不調を訴えたのは、立春を過ぎて雄治さんが早咲きの梅の枝を「南天」に届けてくれた頃だった。昼食も進まないので雄治さんに連絡をした。

迎えに来た雄治さんは、すぐにしまさんをかかりつけの医院へ連れていった。医者は、念のために検査を受けるようにと、市民病院への紹介状を書いてくれた。雄治さんから連絡があったのは夕方だった。

――今夜入院して、検査は明日になったんで、俺が今夜は付き添います。

私と妻とは夕食をすませてから病院へ行った。わずかに寒気は緩んでいたが夜の風は冷たかった。病室へ入ると雄治さんが作業衣のまま椅子に掛けて手持ち無沙汰でいた。しまさんはもう眠っているという。

――いつもと変わらんようだで、心配はないと思うけえが。

流行しているインフルエンザのことも気になったが、熱もなく穏やかに眠っているしまさんに私たちは安心して病室を出た。

次の朝、いつものように食事をしていると私の携帯電話が鳴った。六時過ぎに電話がかかってくることはないのだが、と思いつつ開くと雄治さんの慌てた声だ。

——今朝方早く、お袋が逝ってしまいました。俺が悪かった。もう言い訳できん……。

何が起こったのだ。私は暗闇の中で足を踏みはずしたような衝撃を受けた。が、年齢を思うと急変する場合もあるのだろう。

落胆している妻を乗せて山根家に行くと、しまさんは昨日と同じ表情をして、布団に仰向けになっていた。雄治さんの姉さんも見えている。

——夕べ、あれからお袋は目を覚まして、ずっと話をするんで、こっちが眠ったくなっちまってね。それっくらい元気でした。

夜半、再び眠ったしまさんは、痰がからんでいるのか喉のあたりが苦しそうだったので、雄治さんは看護師に痰の吸引を頼んだ。看護師はすぐに吸引を始めたが、その途中でしまさんは呼吸困難に陥ってまもなく息を引き取ったと言う。私も妻も医療ミスを疑った。正座したまま頭を垂れている雄治さんは、なお深く頭を垂れた。

——俺も医療ミスじゃないかと思った。けど、今さら訴えてどうするか。俺の中に納めることにしました。その方がお袋のためだと思ってるんで。

故人の枕許で姉さんも頷く。同じように思った私は、率直に自分の思いを伝えた。

——雄治さん、しまさんの歳を考えると、立派な幕の引き方だったと思うよ。

武骨な手の甲で目を擦って雄治さんも頷く。姉さんが、晴れがましいほどの顔つきで断言するように言った。

――母は普通ではできないことを見事にやり遂げてくれました。私たち子どもに何一つ苦労をかけなかったんですから。自分の母ながらあっぱれです。

白髪まじりの髪を無雑作に後ろで束ねた姉さんの顔には、山頂を極めたときのような誇らしさが滲んでいた。一寸先は闇、だがその闇の中に一条の光が差している――。

通夜は翌日の夜、自宅で行われた。玄関で石油缶に薪を燃やして暖を取りながら、私と仲間二人が受付役に回った。

戦後、雄治さんの父親は、茶の生産活動に長く従事した人だったこともあり、茶業関係の人々の弔問も多かった。

翌朝からの出棺の準備には、私も妻も立ち合った。柩に眠るしまさんの長い旅の道連れには、「南天」での写真も数枚置かれた。その中に紅い鉢巻を締めた雄姿もあって、妻はハンカチを顔に当てていた。柩は花で埋め尽くされ、最後に雄治さんが梅林から切ってきた紅梅と白梅の枝が添えられた。

近所の人々に見送られて、しまさんは住み馴れた自宅を去った。見送る私の胸には、外仕事用の被りで頭を包み、庭の草を取っていたしまさんの姿が、また玄関のガラス戸の前で日なたぼっこをしていたその姿が交互に過《よ》ぎっていった。

葬儀では、私は雄治さんから頼まれていた弔辞を読んだ。しまさんとの長い繋がりに感謝の思いを込め、そして、――紅白の梅携えし旅路かな――と、即興の句も添えて……。

ときならぬ山芋会は、雄治さんの息子さんや娘さんの家族も揃って、山根家の暖かくも和やかな時間となった。妻も途中から手伝って、とろろ汁はでき上がった。

最初に雄治さんが、しまさんにとろろ汁を供える。祭壇の前に座っている私たちの前で雄治さんが般若心経を唱える。私たちも後に続いた。

――お袋、みんな来てくれてるぞ。楽しくやらまい。

ビールや酒を飲みながら、しまさんの懐古談は尽きなかった。雄治さんの姉さんが一枚の写真を掲げて説明した。それは、「南天」の運動会で玉入れをしているしまさんの写真だった。

――その日、ちょうど私がここへ帰っていてね。運動会をやるなら子どものスポーツウェアを着ていきなって、私が着せたんですよ。

あれやこれやの話に、祭壇にいるしまさんも笑っているような気がした。

梅の里は、今や紅白に彩られる季節を迎えている。が、長年咲き続けてきた一本の老木が、惜しまれながら朽ちていったのだった。


（第59回静岡県芸術祭　奨励賞受賞作）

晩年の歩み

初夏の面会

五月下旬のふるさとは田植えどきを迎えていた。水面からわずかに苗の先を覗かせている田が連なっている。田の水面を風が輪を作りながら苗の先を撫ぜていく。午前中にしては日差しが強い。水を張った広い田に苗を積んだ田植え機を一人で操作している人の姿も見えている。

――あんなに広い田圃でも、半日ほどで植えてしまうんやでねぇ。

車のハンドルを握っている敦子さんが言う。隣に乗っている私も、

――近所の人に手伝ってもらって、家族総出の一日仕事だったよねぇ。

と、子どもの頃の田植えの光景を思い出していた。私の家は一反にも満たない田を作っていたが、それでも田植えの日は、近所の人の手を借りていた。三軒隣が敦子さんの家だったが、彼女の家も人手を借りて田植えをしていた。大人の中に混じって苗を植えたのは中学生になってからだったか……。

――もう、七十年も昔のことやわ。

――そんなに経ったのかねえ……。

信じ難い年数を経た情景が、絵巻物のように甦ってくる。幼馴染みの敦子さんは同級生で

もあるので、久々に出会っても変わりなく迎えてくれる。コロナ禍で三年帰省しなかったが、その空白は無きに等しかった。

――今夜は二十人ほどの出席らしいんよ。

四年ぶりの同級会に出席するために私は帰省したのだが、ついでに果たしておきたいことがあり、敦子さんに案内を依頼したのだった。

車は川沿いに走った。穏やかな流れは、初夏の光を湛えており、ところどころに延びた葦が緑の島を作っている。この川の遥か上流は私たちの地区で、中学生だった私は夕方になるのを待って鮠《はや》釣りに出掛けたものだった。友釣りをする人の長い竿が動いている川だった。

橋を渡ると馴染みのない地区に入った。定年まで町の役場で仕事をしてきた敦子さんだが、合併があったり、地区の変化があったりして、地理も建築物も変化していると言う。

――『あざのの里』って聞いた名前なんやけど、場所がわからへん。中学校の前やったらこの道なんやけど……。

スピードを緩めながら、車は郊外の山沿いの道に入っていった。日曜日のせいか、校舎もグラウンドも眠ったように静かだった。グラウンドに沿って道を曲がると、正面の山陰に建物が見えた。「あざのの里・あじさい」と彫られた石柱が建っている。そこを入ると二階建ての校舎のような建物が正面にある。

私たちは玄関を入った。広い事務室で年配の男性がパソコンに向かっていた。

私は来意を告げた。渡された面会用紙に住所と氏名を記した。

――静岡県から来られたんですか。遠いところをご苦労様です。ご覧のように日曜日は休日となっており、職員も少ない状態ですが、平口綾乃さんは、第三棟、この正面におられます。連絡しておきますのでそちらへ廻ってください。

言われた通りに、私たちは三棟へ廻った。庭のそこここに水色の大輪をつけた紫陽花が私たちを迎えているようだ。二階建ての校舎風の建物が三棟もある施設の大きさに私は驚いていた。

――わがふるさとに、こんな大きな施設があるとは思わなかったよ。

――デイ・サービスもショートステイもグループホームもあることは私も聞いとったけど、こんなに広いとは思わなんだわ。

地元のことに詳しい敦子さんも驚いている。ハンカチで日を避けながら、

――平口先生は、ここに入居されて、まだ半年ほどやと思うけどな。九十五歳やで。

と説明してくれる。

平口綾乃先生――。私の生家のある地区に住んでおられた先生。私や敦子さんの通った村の小学校の先生だったが、私たちは受け持ってもらわなかった。けれども、学校や地区で平口先生に会うと、先生は私の名前を呼んで微笑みかけてくださった。先生のその声と微笑みは小学生の私の魂に刻印された。

敦子さんは、高齢となられた人々を地区で支える仕事として、しばしば先生を訪問していたが、私は自分が退職するまで先生を訪ねる機会を持たなかった。

定年退職をして少しゆっくりと帰省した折に、敦子さんに誘われて平口先生を訪ねた。先生は、私の小学生の頃のことをよく覚えておられ、そのことに私が感激して以来、帰省すると必ず先生のお宅へ伺うことにしたのだった。静岡のお茶を手土産に――。

先生は長男を事故で亡くされ、ご主人も他界されて八十歳の頃から独りで昔ながらの家に暮らしておられた。ここ三年ほどは、娘の久美さんの嫁ぎ先に身を寄せておられたが、今年一月になってグループホームに入られた。施設への入居は、九十五歳の先生の希望に沿ってのことだったようだ。新年に久美さんから届いた手紙には、次のように書かれていた。

――母は周囲に迷惑をかけたくないので、以前から施設へ入れてほしいと言っていました。家では寝ていることが多くなり、もう少し動いた方がよいと思い、施設へお願いすることにしました――と。面会は予約制、面会時間はコロナ禍のせいか、十五分以内、土、日は面会不可とも添えられていた。

今日は日曜日、面会できないかも知れないと思った私は、平口先生宛に書いた手紙をザックに入れている。が、無理にでも面会を頼もうと思っているのだが……。

三棟は二階建ての校舎風の施設だったが、一階の通路側には木の角材がL字形にびっしりと打たれており、微かに木の香りが漂っていた。裏手の林の奥から時鳥《ほととぎす》のユーモラスな声がしている。

——ええ場所やなあ。

敦子さんの感じる通り、緑に囲まれた静かな環境だ。

あれはもう十年ほども前になるだろうか。やはり同級会に出席するために帰省した折、久美さんのご主人の車で先生と久美さんとともに、山陰の古都出石《いずし》から豊岡市にあるコウノトリセンターを巡って、同級会場まで送ってもらったことがあった。あのとき、先生は、杖を使っておられたが八十代半ばだった。ゆっくりではあったが先生の歩みに合わせてセンターを巡ったのだった。センターの周辺も水田の多い静かなところだった。その静寂を破って、低空を飛来するコウノトリが、長い嘴から、カスタネットを叩くような鳴き声を発していた。この三棟の後ろにある青葉の林には、今にも、まっ白い羽を広げたコウノトリが舞い降りて来そうだった。

三棟の玄関を入って面会を依頼すると快く受け入れてもらった。

——静岡から来られたんですか。ご苦労様です。エレベーターで二階へどうぞ。

先ほどの本館から連絡があったのだろう。私たちがエレベーターを降りると白衣の職員が迎えてくれた。

——平口さんに連絡してありますから、すぐにここへ来られます。ここでお待ちください。

私たちは閉まったエレベーターのドアの前で平口先生を待った。すぐ前は事務所、廊下の左右は広い部屋になっており、女性の居住者がテーブルについていた。

職員の押す車椅子に乗って、平口先生が近づいて来られた。黄緑色のカーディガンを着て、茶色のズボンをはいておられる。

——まあ……。

先生は幾分ふっくらとした顔をほころばせて、いつもと変わらない声で話される。

——まあ、よう来ておくれたなあ。あんたらに会えるなんて……。

——先生、お元気そうですね。

——皆さんにお世話になっとってな。あんたらも変わりないかな。

そう言いながら先生は、車椅子の車に置いた私の手に手を重ねて、

——面会と言われたけど、誰が来ておくれるんかなあと思っとったら、あんたたちやった。有り難う。嬉しいわ。

先生はハンカチで目を抑えながら、持ち前の笑顔を見せられる。施設での生活について、先生は多くを話されなかった。問われるままに私や敦子さんが近況を話し、島田市の菓子を広げたところで職員から声がかかった。

——面会時間は十五分となっていますので。

私たちは腰を上げざるを得なかった。

——これから同級会へ行きます。どうぞお元気で。

意外なほどにふっくらとした先生の手を、私は両手に包んで別れを告げた。

――有り難う。

車椅子からハンカチを小さく振って見送ってくださっている先生の姿を、エレベーターのドアは、軽々と容赦なく閉ざしてしまった。

――会えないことも覚悟はしていたけど。もう少し時間がほしかったねえ。

――ほんとや。でも会えてよかったわ。

敦子さんも数年ぶりに会えたことに満足しているようだ。私には、急に面会時間が終わって、別れの言葉も丁寧に伝えないままに帰ってしまったことが後悔の糸を引いていた。

玄関を出て、私たちは元の通路を駐車場へ引き返した。真夏日のような日差しが、人気のない庭に降り注いでいた。先ほどの時鳥だろう。盛んに鳴く声を背に、車は施設を後にした。やがて来た道を帰って行き、待っている二人の友の家へ向かった。

浅瀬には延びた葦が靡《なび》いている。その葦を縫って流れる川面から昼時の強い光が反射していた。

――短い時間やったけど、久しぶりに元気な先生を確かめられてよかったわ。

敦子さんの言う通りだった。が、これまでなら、先生のお宅で、私が持参したお茶を淹れて、味わっていただきながらゆっくりとした時間を過ごさせてもらったのだった。そんなとき、先生は、

――今年も静岡のお茶がいただけて嬉しいわ。奥さんもお元気かな。数年前に伺った妻のことまでも覚えておられた。

――静岡はええとこやなあ。弟があんたと同じように静岡市へ住んどってな。姪の結婚式が、日本平であったんや。私は初めて静岡へ行ったんやけど、富士山がくっきり見えとってなぁ、忘れられへんわ。

――あんたらが生まれた年に、私は、家を離れて遠い明石師範学校の寮に入ったんやで。軍隊で使うらしい厚い帯を作る製縫所へ動員で通ってたわ。終戦になった夜、寮に明々と電気がついてな、私らは抱き合って喜んだんよ。

先生の若い日の話を聞くのは、私の楽しみだった。

――神戸に住んでいた長男を四十五歳で亡くしたときには、一年ほど立ち上がれなんだなあ。

息子さんは、川の深みで溺れた同僚を救いに行って亡くなったとのことだった。それらのことを思うと、今日の面会は物足りなかった。場所が、絶えず職員が動いている事務室前の廊下だったことも、面会時間が少なかったことも仕方のないことではあったのだが……。

友人二人を拾って、車は川幅の広くなったふるさとの川に沿って走り、同級会の会場に向かった。

百二歳の茶碗蒸し

十二月も半ばとなった。年内にしておくことを妻と確かめている夜、従兄弟の芳夫から電話があった。私の母の兄嫁にあたる静枝伯母の訃報だった。

——眠るように亡くなりました。後のことは家族で行うんで気い遣わんといてな。

——芳夫君の介護が大きな役を果たしたねえ。お疲れさまでした。

伯母、百五歳の生涯だった。

新型コロナの広がりのため、ここ三年、兵庫県北部のふるさとに住む伯母を見舞う機会が持てなかった。それまでは、毎年行われる小学校時代の同級会に帰省していたので、ついでに伯母の家に寄ってから島田市へ帰っていた。

最後に会ったのは、伯母が百二歳の四月だったことになる。顔にこそ網の目のように皺が刻まれているが、ズボンにカーディガンの姿はこれまでと少しも変わらなかった。変わったとすれば、両手で両脚を抑え、拝むようにして歩く姿になったことくらいか。

炬燵に入った伯母は、芳夫の淹れてくれたお茶を飲みながら、張りのある声で話す。

——礼子さんもお変わりのうて。

もう十年近く会っていない私の妻の名前が淀みなく出てくる。近況の話が一段落すると、伯母が顔を和ませる。

――阪神が負けてばっかりで、情けのうなりますがな。

――今でもここでお母さんと一緒に観戦するんですわ。

芳夫がテレビ中継の解説をしながら親子で観戦か。それもいい時間に違いない。

芳夫は高校の教員を定年で引いた後、家の田畑を伯母とともに耕作しながら地区の役員を務めてきたが、ここ三、四年は伯母の世話が必要となり役員にはついていない。世話と言っても食事の仕度や洗濯をする程度で、伯母は身辺のことはこれまでと変わりなく自分でできた。芳夫は結婚に縁遠く独身なので、家のことを一人で負っていた。

――K選手が引退してからも阪神一筋でねえ。外の球団のことは全く関心がないんで、一種のプロ野球音痴ですわ。そやろう、お母さん。

七十四歳の息子が百二歳の母親をからかっている。

プロ野球などに一片の関心もなかった伯母が、熱烈な阪神ファンになったのには訳がある。伯母の姪（姉の娘）が婿を迎えたのだが、その婿の妹が数年後に縁あって阪神で活躍していたK選手と結婚したのだった。K選手の家庭生活の情報が伯母の家にももたらされた。テレビで活躍する花形の選手のあれこれが身近に伝わってきて、他の選手はどうであれ、K選手は伯母にとって遠縁の人ではあるが、親戚となったのだった。

――まあ、私もええ年になっちまいましてねぇ。この地区で一番の年寄りですがな。

——同じ年寄りでも、お母さんほど手のかからん人はおらへんよ。
——この子がよう動いてくれますんで助かります。
——草取りなんかせんといてって言うんやけど。ちょこちょこ裏の畑へ出ますねん。
——伯母さんは若いときからよく働かれましたからねえ。働くことが習い性になっているんでしょう。

私も口を挟んだ。もんぺを穿き、手拭いで頭を包み、地下足袋を穿いて農作業をする伯母の姿を、私は子どもの頃からこの家へ遊びに来るたびに目にしていた。

伯母の夫は、小学校の校長を定年まで務めたが、退職して二年目に病死した。既に長男は東京で会社勤務、養子へ行った次男は公務員。芳夫も高校に勤め始めていたので、息子たちに手はかからなかったが、田畑の耕作は伯母の肩にかかっていた。その役割は徐々に芳夫に移ってきたのだったが、それまでは伯母が家の大黒柱だった。

——もう火にかけるだけやで。

芳夫の腕に掴まって立ち上がった伯母は台所へ屈んだまま歩いて行った。腰を伸ばしてガスコンロに火をつけ、鍋を載せているではないか。台所の傍でテーブルに食器を並べている芳夫に私は声をかけた。

——伯母さん、大丈夫かい。
——見とります。ときどきこうやって台所仕事をしてくれるんです。

私は唸った。何という芯の強さだ――。

――もうちょっとで蒸せるで。あと頼むわ。

伯母は芳夫にそう言うと、テーブルについた。私もテーブルについて伯母と向き合った。

芳夫が布巾で包んだ器を鍋から取り出してテーブルに置く。

――お母さんの得意なご馳走や。どうぞ。

器の蓋を取ると、人参の赤と菜の緑が卵の黄の中に彩りよく馴染んでいる。茶碗蒸しだ。味も上々だった。伯母は昔から調理は上手だった。高野豆腐や椎茸の煮物は、ことにおいしく好評だった。

――とてもいい味です。懐かしい味です。

――さっぱり身体がいうことときかんようになりました。この子のところへ何もかもかかりますんでな。ちょっとでも手伝おうと思うんやけど、何もできんようになっちまいましたわ。

家事だけでも細々とした仕事がたくさんある。加えて、母親の支えをしながら農作業だ。私は芳夫の動きを想像した。愚痴一つこぼさない芳夫――。

――もうすぐ要介護になると思うんや。今、要支援2です。風呂の介助がこれからは自宅では無理やと思うで。デイ・サービスに頼まんとね。

芳夫が胸の内を覗かせる。

それから間もなく伯母は週二回のデイ・サービスへ通うようになった。折しも新型コロナは全国的に広がっていき、私も遠出はできなくなってしまった。伯母のデイ・サービスへの通所は順調のようだったが、芳夫からの電話によってしか伯母の状態はつかめなかった。

伯母が百三歳の十一月、東京に住んでいる伯母の長男が八十二歳で病死した。芳夫と次男は東京へ行き兄を送ったが、私は感染を警戒して出向かなかった。芳夫は言った。

――母には知らせてないんで、そのつもりでお願いします。

伯母はデイ・サービスへ通う回数も増え、日常生活にも手がかかるようになった。が、認知症の心配はほとんどないという。長男が他界したことは知らずに通ったほうがよい。私は芳夫に葬儀の欠席の不義理を詫びながら、伯母へは知らせないことを了とする旨を伝えた。

今年の二月に伯母は長男の死を知らないままに百五歳となった。猛暑にも耐えて秋を迎えたが、芳夫の心配は率直だった。

――今年の冬は越せんかも知れへん。自分の力で起き上がることが難しゅうなっとるでねぇ。

毎日接している芳夫が、自分の見立てを電話で伝えてくれる。

――いつどんなことがあっても不思議はない年齢やからねえ。

そう思うのは芳夫だけでなく、親族の皆が覚悟しなければならない年齢なのだ。

十二月の初め、伯母はデイ・サービスの事業所で体調を崩し、そのまま入院となった。翌日には回復して家に帰りたいと言ったが、酸素吸入が必要なのでしばらく病院で様子を見ることになった。

芳夫は、片道三十分少々の道を一日おきに病院へ通った。が、伯母の症状を聞くだけで伯母と会うことは叶わなかった。必要な物を届けて帰らざるを得なかった。面会をするためには予約が必要であり、予約日の面会は十五分以内と決まっていた。コロナ感染対策のためだった。

芳夫は母親に何もしてやれないことに苛立った。食は細り、眠っている時間の多くなった母親を哀れむほかなかったようだ。

――呼んでも返事せんと眠っとる母親を目の前にすると泣けてきてねえ。

電話で話す芳夫の胸の内は、私にもよく伝わってきた。

訃報を受けた翌朝、私は弔電を打った。

「家を守り家族を守りぬいた偉大なる人生を讃え、心から感謝いたします。」

長い間の阪神ファンの永遠の不在を悼みながら――。

河畔散歩

「今日は珍しく富士山が見えますよ」

大井川の河川敷の草叢《くさむら》に、枯れ残った芒の群れが囁き合うように靡いているその彼方を、私が指差すと片岡夫妻も足を止める。

「久しぶりに見えますねぇ」

小柄な久夫さんが手をかざす。ついこの前までは、墨絵のように輪郭が望めるだけだったが、今日は白く光る頂から青々とした雄姿までが、切り取った画面のようにくっきりと浮き出ている。

久夫さんよりも背も高く大柄な和乃さんは、四角の小型シルバーカーに両手を置いたまま、

「あらあ、本当に久しぶり。昔はうちの二階からよう見えましてね。島田に来たばかりのころは毎日のように眺めとりましたわ。私には雲より高い日本一の山でしたもの」

と、微笑みながら薄紫色の帽子に手をやって、十月半ばの澄み切った東の空をしばらく仰いでいる。広島県の竹原市から島田へ嫁いで来て六十二年目になるという和乃さんだが、いまだに会話の端々《はしばし》にふるさとの言葉が顔を出す。言葉だけではない。広島の親戚から瀬戸内

海産の干物やお好み焼きなどが送られてくると、和乃さんは私にお裾分けをしながら、満面に笑みを湛えて説明するのだった。

「ちりめんじゃこは何といっても音戸《おんど》よ。じゃこが透き通っとるでしょうが」

そう言われればそのような感じがするのだが……。確かに瀬戸内の音戸産のちりめんは何度か耳にしたことがある。

片岡家の食卓で作る広島風のお好み焼きは、和乃さんの指示に従って私と妻とが焼いていく。味の決め手は中途で一度、最後の焼き上がりに一度、和乃さんの自信に満ちたソースのかけ方によった。焼き上がった完成品はさすがに美味だった。

「うちの食事は母親が亡くなってからは広島風になってきましてね。それもいいものです」

お好み焼きを食べながら、とても九十歳近いとは思えない久夫さんは穏やかに話す。

その久夫さんは、片岡家の一人息子であったため大事に育てられ、京都の私立大学で工学を学んだ。卒業後は東京の金属関係の会社に勤め、やがて上司の勧めによって竹原市へ出向いて和乃さんと見合いをしたという。

東京での結婚生活二年の後、二人は島田に帰り、久夫さんは静岡市内にある関連会社に勤めた。地域も家の中も生活習慣も、これまでとは全く異なった和乃さんの生活がこのときから始まった。昭和三十三年の四月だった。

その頃、片岡家は仕出し業を営んでいた上に、二階に三人ほどの下宿人を置いていた。久夫さんの両親の作る仕出し料理の手伝いや、警察官や高校生の下宿人の賄いを、和乃さんは必死の思いでこなしていったという。その苦労を久夫さんには一言も言わず独りで耐えた――とも。そのような昔の話を夫婦の間で交わすようになったのは、久夫さんが退職をしてから後のことだったらしい。

「私は根っからの会社人間でしたので、家内の苦労を察することもせず、今思うと相当に辛かっただろうと思います」

私は何回か片岡夫妻の述懐を聞いてきた。

「父は早くに亡くなりましたが、家内は二人の子どもに手がかからなくなった頃、母の世話が入ってきましたから、気を抜くときがないままに来てしまいました」

「仕出しと下宿をやめてからは、もっぱら子育て。その後はお義母《ばあ》さんのことが続きました。まあ、ようやってこれたと思います」

今、八十六歳の和乃さんは、医師から歩くことを勧められている。時間のある私が河川敷の散歩コースを紹介して、ここ三年ばかり天候のよい日に車で案内しているのだ。

「近所を歩こうにも歩道は危ないし、とてもシルバーカーは使えません。一人で外出できなくなった家内にとっては、このコースが一番安心できますよ」

そう話す久夫さんは、補聴器を付けてはいるものの至って元気だ。

平日の午後とあって、歩いたり走ったりしている人もごくわずかしかいない。

「富士山が見えると何かいいことがありそう」

そう呟いて、帽子を押さえていた手をシルバーカーに戻した和乃さんは、運動靴の足を運び始める。そのペースに合わせて、久夫さんと私が和乃さんを挟んで歩く。

「何の心配もなく歩けることが有り難いですよ。よくこんなコースを作ったものですねぇ」

私は、大井川に沿って河口近くまで続くこのコースは国の防災道路として整備されたことなど思いつくままに話しつつ時間を測る。

「もう少しです。いつもの桜の木のところまで行きましょう」

心地よい川風が渡ってくる。すぐ目の前を生き物のように流れが波打っている。

と、和乃さんがコース沿いの草の茂みに近づいて行った。シルバーカーを止めると、背をかがめて茂みに手を伸ばした。その手には健気に咲き残っていた一輪の河原撫子《かわらなでしこ》が笑っていた。

「ほら、ご覧なさい。もういいことがあったでしょ」

少女のようにそれをかざすと、シルバーカーの籠に挿して和乃さんはまた歩き出す。幾分淡くなったピンク色の花は、頼りなげに和乃さんの膝先で揺れている。

「夏には沢山咲いとりましたねぇ。これは今までよう生きとったわ。玄関に挿して惜しみましょ」

富士に似合うのは月見草だったか――。和乃さんには河原撫子がよく似合うようだ。

片岡家の玄関には、いつも季節の花が活けてある。和乃さんの父は竹原市で茶道の師匠として自宅で教えていたとか。その影響を受けてのことだろう。備前焼の小ぶりの花瓶に、清楚に活けてある一輪を私はしばしば目にしてきた。

十五分ばかり歩いた後、鉄橋を渡る貨物列車の長い響きを耳にしながら一休みする。シルバーカーの座席に腰を降ろした和乃さんは、私たちにペットボトルを手渡すと久夫さんに尋ねる。

「今日のお昼に見えた、……あの方。あなた、ほら、あの方……」

和乃さんが眉間に皺を寄せる。いつもの流暢な口調が、一年ほど前から滞りがちになってきた。人や店の名前、それに食材の名がなかなか出てこないのだ。私にもその傾向はあるのだが、久夫さんにはそれが見られない。

「林さんのことかね」

久夫さんが水を向けると、堰《せき》を切ったように和乃さんの話の流れが勢いを増してくる。

「林さんのお婆ちゃん、九十二歳なのに、毎日お寺まで歩くのを日課にされとるんですって」

「私より三歳も上の方ですが、街中は段差があって危ないので心配するんですよ」

と、久夫さんが話をつなぐ。

「杖も持たずに、あのお寺、ほら立派な門構えの、あなた、あのお寺……」

「高照寺だよ」

「そう、高照寺まで、三十分もかけて往復されるんですって」

私の知らない人なので尋ねてみた。

「家族が心配されないんですか」

和乃さんは瞳を大きくして説明してくれる。

「息子さんも娘さんも東京なの。一人暮らしされとるんです。どこの家でも子どもがそうたびたび帰ってくることはないんよねぇ。うちの康之がそうですもの」

「康之はたまに帰って来ても二、三時間いるだけで、すぐに名古屋へ戻ります。男は仕事が第一ですからねぇ」

会社人間であったことを自認する久夫さんの実感が伝わってくる。久夫さんは退職後、老人会や寺の役員を務めており、謙虚でありながら自分の生き方に樹《き》の幹のような軸を持った人だと私は感じてきた。

夫妻には二人の息子があった。長男は、電力会社の社員として甲府市に家庭を持っていたが、四十二歳のときに急逝した。山登りや渓流釣りの好きな行動派だったが妻一人を残して他界した。片岡夫妻の内心は、筆舌に尽くし難かったと思うが、極めて冷静に葬儀に臨まれ、その後も愚痴をこぼすような気配は微塵も感じられなかった。

次男の康之君は中学三年生のとき、私が担任だった。私は三十四歳。彼は風呂上がりのような清潔感の中に静かな底力があり、剣道や駅伝の選手として活躍していた。この一年が縁となって片岡家との交流が続くことになった。

大学卒業後、名古屋市内の企業に就職した康之君が、やがて結婚の運びとなり私どもが仲人を務めた。以後、それまで以上に片岡夫妻との繫がりが深くなっていった。

近年は七十歳を過ぎた私が、毎日のように夕方になると片岡家に立ち寄っている。というのは、久夫さんか和乃さんから夕刻になると電話が掛かってくるようになったからだ。

「お帰りのときにちょっと寄ってください」

と。私が高齢者の集まりの手伝いをしている話をときどきするので、夫妻は私がどこかへ勤めていると思っているようだ。

伺うと、餃子を作ったから、天婦羅を揚げたから、五目寿司を作ったからと、それらをいつもいただいて帰る羽目になるのだった。

時間をかけた料理を人にもらってもらうことを喜びとしている和乃さんが、包み込むような笑顔を向けて、

「お上がってみて。当店自慢の広島風の味はいかが」

と、まだ温もりのある包みを差し出す。

「まあまあの味でしたからどうぞ」

上がり口の椅子にゆったりと腰を落ちつけている和乃さんの手から、久夫さんが包みを受け取って私に渡してくれる。

「差し上げる方があって、私も張り合いがあるんよねぇ」

「家内は四十前に軽い脳梗塞をやりましてね。だいぶ家のことで無理をしているときでした。脳を働かせるのに調理はとてもいいそうですから」

久夫さんも和乃さんの調理を応援しているようだ。

和乃さんは、小学生の息子が子ども会のキャンプに参加したとき引率をしていたが、その夕食の準備をしている最中に頭痛に見舞われたという。入院をすることもなく家で静養をして回復したが、それ以来、血流をよくする薬を服用することになったとのことだ。この話がずっと私の記憶にあったので、河畔の散歩コースはどうかと勧めたのだった。

様々に表情を変える流れを、対岸の彼方の牧之原台地を、時に姿を現す富士を、そしてコース沿いに咲く季節の花々を、和乃さんは歩くたびに目を細めて味わっていた。それに、空の高さや流れを渡って来る風に、家の中での気分を開放させているようでもあった。

十分少々の休憩後、私たちは来た道を引き返す。和乃さんの足は、ゆっくりとコースを踏んで行く。ときおりシルバーカーがコースからはずれることがあるが、さりげなく私がコースへ戻す。

ジョギングをしている人やウォーキングをしている人が、前方から近づいて来たり後方から追いぬいていったりする。が、私たちは関知することなく和乃さんのペースで歩く。また貨物列車の鉄橋を渡る堅い響きが聞こえてきた。

「呉線《くれ》、女学校のときに毎日通ってたんです。あんなに長い貨物列車はなかったけど……」

和乃さんの脳裏には、ふるさとでの遠い日が、ときに陽炎《かげろう》のように浮かび上がっているのだろう。だが、脚力の弱った和乃さんがふるさとを訪ねることは、残念だが叶わないのではなかろうか――。

帰りのコースも十五分ほど歩いて、計三十分を目安にしている散歩を終えた。和乃さんは久夫さんに腕を支えられて後部座席へ乗る。私はシルバーカーを畳んで積み込む。

「やっぱり広いところはいいですねぇ。清々しましたよ」

隣の席でシートベルトをロックしながら、久夫さんもリフレッシュできたようだ。

車を動かし始めたとき、和乃さんが遠慮がちに言う。

「もしよかったら……、いつものスーパーへ寄っていただけないかしら」

「勝手なお願いですみませんが」

何回も行っているスーパーだ。私は心得た。

河川敷を上がって五分も走るとマーケットに着いた。入り口に近いところに車を止めてドアを開ける。段差に気を配りながら夫妻を店内へ送る。和乃さんはカートをシルバーカーの替わりに押しながら久夫さんと中を巡る。品物を手にとって二人で何か話しながらの買い物だ。私は付かず離れず二人を視野に入れて、眼前の野菜や果物を見るともなく見ている。

おや、和乃さんが籠に入れた品を久夫さんが取り出して元の場所へ返している。和乃さんがまたそれを籠に入れようとする。近づいてみると、久夫さんが説得している。

「まだ家にあるだろう。それがなくなってから買えばいいからさ」

「……。そうだったかしら……」

和乃さんの顔がわずかに歪んでいる。

「それよりマヨネーズとドレッシングだろ」

「そうだったわね」

和乃さんは納得できたようだ。買い物は終わった。

明るいうちに二人を家に送った。久夫さんが玄関の鍵を開ける。和乃さんはそろりと車から降りて玄関に向かうが、河畔コースの足どりよりもかなり重い。杖をついてはいるがおぼつかない。私は買い物袋を家の中に入れてからシルバーカーを玄関に納める。

帰りかけた私を呼び止めて、和乃さんが小首をかしげて紙袋を差し出す。

「はい。今夜のお伴」

袋には缶ビールが一つと落花生が入っている。先ほどのマーケットで二人は私への心づかいをしてくれていたのだ。遠慮なくいただいてお礼を言い、ついでに軽口をたたく。

「酒飲みに悪人はいませんから」

玄関に笑い声が弾けた。

「またお願いします」

二人の声を背に私は玄関を出た。片岡夫妻は近所の人たちや知人の車で通院したり買い物に行ったりしているのだが、私が空いているときには、買い物以外に車を走らせることがある。宅配センターへ荷物を運んだり、そば屋へそばを食べに行ったり、またクリーニング屋へ行ったりと。便利なはずの街の中に住んでいながら、二人は不便さを余儀なくされている。私には他人事だとは思えない。

狭い庭に散り敷いた銀杏の葉を踏んで我が家に帰ると、台所に立っている妻に紙袋を手渡した。

「また今日も。こんなにいただいたら申し訳ないじゃない」

ビール缶を冷蔵庫に入れながら妻が言う。

「そうは思っているけどさ、先日のおでんのように沢山すぎるほどでもいただいた方がいいんだ」

今はそれが私の実感だ。

そう、先日の夕方、いつものように私は片岡家へ寄った。白い割烹着を付けた和乃さんは、いつになく華やいで見えた。

「お昼前から煮込んだんよ。牛筋も柔らかくなって、味はようく染みとるはずなんよ」

言い置いて台所に入った和乃さんは、小皿に大根と蒟蒻《こんにゃく》を載せて出て来た。

「早くお上がりになって。熱いのがおいしいんよ」

差し出された小皿を受けとって、私は玄関に立ったまま、口の中がやけどしそうな大根を頬張った。炒め物をするフライパンのようになった口の中を必死の思いで転がした大根は味わうどころではなかった。が、帰りには、ずっしりとタッパーに詰めたおでんをいただいたのだった。

私は何度か妻に言ってきた。

「今は厚かましいかも知れないが、素直にいただいておこう。やがて、うちで作ったものを持って行くときが来るだろうから」

そのことは妻もよく承知しており、夫妻の食べ物の好みにも注意を払ってきている。

私は食卓について新聞を広げた。明日も晴れそうな予報になっている。河畔のコースから富士山が望めるだろうか。望めたら何かいいことがあるかも知れない――。明日も二人を案内しよう。二人の、特に和乃さんの健康保持と気分転換の一助となるならば――。

（第60回静岡県芸術祭　産経新聞社賞受賞作）

定時電話

我が家の夕食は、ほぼ六時過ぎから始まり三十分弱で終わるのが通常だ。その終わり頃に毎日必ず私の携帯電話が鳴る。私は箸を置いて隣室で対応する。

——今晩は。片岡です。今日も無事に終わりました。ホームの方も穏やかでした。

——何よりでしたねえ。

——ええ、何よりでした。また明日もよろしくお願い致します。

——どうぞ、お元気でお過ごしになってください。

——それでは少し早いですが、お休みなさい。

——お休みなさい。失礼します。

——ごめんください。

これで二分ほどの電話は終わるのだが、片岡さんの丁寧でもの静かな話し方に変わりはない。電話の掛かってくる時刻も、我が家の近くの寺の鐘のように決まっている。その律義さも言葉の丁寧さも、とても九十五歳とは思えない。

片岡さんは、一年半前に奥さんを亡くされた。誰に対しても親切に対応される奥さんだった。私と妻とは、しばしば招かれては、会食の機会を得た。そのたびに片岡さんは、醤油を小皿に注いだりドレッシングを勧めたり私たちに気遣いをされた。

奥さんの初七日を終え、次男も豊橋市へ帰り、片岡さんの独りの生活が始まった一日目だった。十時過ぎに片岡さんの前の家の人から電話があった。片岡さんが自転車に乗ろうとして転倒したので救急車を待っているところだという。駆けつけたときには、片岡さんは救急車で市民病院へ運ばれた後だった。知らせてくれた人を乗せて私は病院へ駆けつけた。片岡さんは大腿骨の骨折で、新型コロナの長時間にわたる検査をすませて入院することとなった。

順調な回復のようで、二週間後あたりから、携帯電話で回復の様子がときどき知らされてきた。三か月目には、他市のリハビリ病院へ移り、その一か月半後には杖をついて歩けるまでに回復したということだった。

退院が近くなったとき、片岡さんから連絡があった。退院した足で金谷地区にある高齢者のグループホームへ入るという。次男の決めたことに従うと話す片岡さんは淡々とされていた。

昨年六月の半ばから片岡さんは、自宅をそのままにしてグループホームの居住者となった。入居してしばらくの間は、ホームでの生活に馴れないため、細々《こまごま》とした生活必需品を取りに家へ帰らなくてはならなかった。

――明日、家に帰って持ってきたいものがあるんですが、お願いできますか。

私は了解の返事をし、打ち合わせた時間にホームへ行くと、車椅子に乗った片岡さんが、紙袋を提げてガラスドアの奥で待っていた。職員がドアを開けて、私の身分を確認してから片岡さんに靴を履かせて送り出す。

玄関先に止めてある私の車に腰から先に乗った片岡さんだが、片方の脚を乗せるのに時間がかかった。

——暑くなってきましたから夏物がほしいんですよ。この中に必要なものをメモしました。

——お元気になられてよかったです。ホームの生活はいかがですか。

——至れり尽くせりで有り難いことです。医者の回診日まであるんですよ。

片岡さんは以前と同じように、はっきりとした言葉で話される。ただ、私が話すことに少しはずれた返事が返ってくることも以前と同じだ。補聴器の具合によるらしい。

自宅に着くと片岡さんは馴れた手つきで玄関の鍵を開け、杖を頼りに部屋に入った。片岡さんがメモを見ながら、鋏、爪切り、ピンセットと揃えていくのに私は付き添った。夏の衣類は二階にあるという。急な階段を片岡さんは馴れた足どりで、一歩一歩上がっていこうとする。これは無理だと私は思った。

——私が持ってきますから。

が、片岡さんは上りきって、衣服と帽子を袋に入れた。

二階の部屋には、片岡さんの長袖シャツとズボン下がハンガーに干されたままになっていた。
最後に、片岡さんは本を二冊入れて、
――これで全部ですが、大事なことが残っています。
と言って一階の奥の間に行った。長い間、一人きりだった奥さんの写真が仏壇で待ってい
た。線香を手向けて片岡さんはしばらくのあいだ合掌をしていた。
市内にある補聴器店へも片岡さんを乗せて行った。長く通っている店らしく、顔馴染みの
店員さんと親しく話をしている。補聴器は定期的に手入れをしないと聞こえが悪くなるとの
ことで、これまでに三回、片岡さんをこの店に連れて来た。補聴器を手入れする一時間余り
を待って再び車でホームへ送り届けるだけのことだが、私には一つの疑念があった。
それは、私が片岡さんを私の車に乗せていて、万一事故を起こした場合の責任の問題だ。
今のままだとすべて私の責任になるのではないか。家族の車かホームの車かタクシーを使う
べきではないか――。
事務室の職員に聞いてみたが、返事ははっきりとしなかった。
――片岡さんの親しい方ということでお願いしています。詳しくは私どもではわかりませ
ん。
それきりになってしまったが、近々、片岡さんにこの件について話をしようと思っている。
ホームでの生活にも馴れてきたのだろう。九月になって電話があった。

――初心者用の歳時記がほしいんですが。作ったことがないんですが俳句を始めてみようと思いましてね。

意外な話に私は驚いたが、さすがに知的な関心のある人だと思った。ホームの中に俳句を作る人がいて、その影響のようだったが、私は書店で歳時記を求めてホームに届けた。

それからは、片岡さんから作った句を書いた手紙が届くようになり、批評を依頼された。片岡さんが初心者であることを考慮して、私は感想を書いてホームへ届けた。コロナ禍の中にあって、ホームを訪ねても片岡さんに面会することはできないので、いつも事務室へ託して帰った。

十一月には、次のような作品が届いた。

- 天高く草喰む馬のあちこちに
- 天高く雲に浮かびし富士の山
- 鈴虫のかしましいほど秋の声
- 参道に大輪の菊一列に

今年四月の作品には、作者の心情を感じさせる作品が届いた。

- 百歳を超えて健やかホームの老いら
- 雨に煙る茶畑眺めひとりぼっち
- 日を経ても文かわす友有り難き

・晴れやかに友と昼餉の笑い声

このような俳句作りが始まった頃から、片岡さんからの定時電話が掛かってくるようになった。

――今日は二句作りました。

と嬉しそうに話す日があるかと思うと、

――苦労しましたが今日はだめでした。

と笑いながら話す日もあった。そこにホームでの出来事が加わった電話となる。

片岡さんの食事は、食堂で他の人たちとともに摂るらしい。夕食を終えて自室に帰るのが六時半頃になるのだろう。そこで電話を掛けるので、我が家には定時に掛かってくることになる。

先日の電話では、ホームでもコロナの感染があったと言う。そのため、入居者は自室から出られず、防護服を着た職員が遅れた時間に食事を各部屋に運んだらしい。狭い部屋で一日を過ごすことは苦痛だとも。三日ほどで解除となったが、感染源については全く知らされないらしい。

――コロナ自粛がようやく解除になりました。今日の夕食は久しぶりに食堂で賑やかに食べました。

愚痴をこぼすことはほとんどない片岡さんだが、その安堵感が電話でも伝わってきた。

歌の指導者のもとで入居者たちが懐かしい歌を歌ったことや七夕の飾りを作ったことなどの報告もある片岡さんの定時電話は、今夜も六時半前に掛かってきた。

――今晩は。片岡です。今日も無事に終わりました。ホームの方も穏やかでした。

私はいつもの返事をする。

――明日もよろしくお願いします。それでは少し早いですが、お休みなさい。ごめんくださいまし。

となって丁寧な電話は終わるのだが、私には電話を切った後、今夜も割り切れない思いが尾を引いていた。自分の対応はこんなことでいいのだろうか……。そもそも、なぜ私に毎日電話がかかってくるのだろうか……。

親方

今年も庭の木犀があたりを清めるように香っている。が、この香りをもう周さんは味わえない——。そう思いながら、和食の店「椿」へ急いだ。歩いて五分ほどの道だが、後のことも予想して車にした。

いつも自分たちが上がり込む座敷に、周さんは仮眠でもしているような表情で布団に仰向いていた。一瞬、胸に亀裂が走った。

奥さんの公子さんは、周さんの父親や兄さんと一緒に葬儀社の社員と、これからの段取りを決めている。周さんの長い闘病中、店の調理を一手に引き受けてきた長男の広次君も、妹の奈美さんも、今にも目を開きそうな父親を、ただただ見守っている。親族の人たちの中にいて、私は手持無沙汰のまま隅に座っていた。

公子さんから今朝早く電話があった。意識のないままに、人工呼吸器をつけて病室で眠っている周さんを見舞ったのは三日前だった。その周さんが亡くなり、自宅に連れて帰ったとのこと。送る準備に来てほしいと、声を詰まらせながらも、いつものような気丈な口ぶりの連絡だった。私も覚悟はしていたが、提げていた荷物の紐が切れたときのように身体の力が行方を失った——。

やがて、旅の支度が整えられた。周さんは、白布の中に包まれて、人々の手で葬儀社の車に運ばれた。私は布の一隅を持ちながら、幽かな胸の震えを覚えた。――周さんは、もうこの家に帰って来ることはないのだ――。公子さんも広次君も忙《せわ》しく故人に付き添って車に乗った。社員二人は一礼して、車はゆっくりと走り去って行った。店の主《あるじ》を惜しむように漂っている金木犀の香りの中を、私は深い喪失感を抱いたまま車に乗った。

＊

田畑の残るこのあたりは、バイパスのインター道路だけは間断なく車が走っているが、そこ以外はいまだのどかな里の風景が広がっている。里の山手は、市街地整備の煽りを食って、寺が三つも増えた。元からあった二つの寺を合わせると、さながら寺町の風情を醸《かも》し出している。

インターの入り口にある日本料理店「椿」は、開店してから三十年が経つ。当初、私は市街地から離れた場所に高級料理店ができたのはなぜかと疑問に思っていた。

開店当時の昭和の終わり頃から、店は繁盛し続けていた。店に入れなくて入り口のベンチに待つ人がいたくらいだった。私も一度行ってみたが、外で待つ時間が長くて帰ったことがあった。それ以来、私には縁のない店だと、行く気は全くなくなってしまっていた。

その後、偶然だったが居酒屋で茶色いサングラスを掛けた四十代半ばに見える男性と知り合った。藤井というその男性は、腎臓病を患っていたが、日常生活には支障がなく、しばしば居酒屋で一緒に飲んだ。彼は、身体のこともあって、定職にはついていなかったが、人に頼まれた仕事は快く引き受けていた。

ある日曜日、彼は地下足袋のまま私を昼食に誘って、「椿」へ入った。カウンターに平然と構えてビールを注文する。私は初めて入った店なので遠慮していると、調理場から出てきた親方が、白い帽子と白い調理服の姿で笑って迎えてくれた。

――そんな野良着姿で来られたら、お客が減っちまうよ。どうしてくれる。

――減ることはないさ。一人連れて来たぞ。

藤井さんは親方に私を紹介してくれた。以後、私は彼とともに高級和食店へ出入りする身となった。藤井さんは、店で出る魚の骨などを運び出して肥料にしていると言っていた。

平成になって数年後、企業における接待が禁止されたため、「椿」の団体客が激減した。そのお蔭で、私と藤井さんはカウンターに陣取って親方とも長い時間話をすることができるようになった。

だが残念なことに、藤井さんが、長く患っていた腎臓病が高じて五十半ばで他界してしまった。それ以来、私は一人で「椿」のカウンターに座り、親方の切ってくれる刺身で飲んだ。店の常連、たいていは親方の中学・高校時代の友人たちだったが、その人たちとも親しく付き合うようになったせいで、いつの間にか私も親方を周さんと呼んでいた。

客が途切れたときには、周さんも酒を注いだグラスを持って白衣のままカウンターの私の隣に座った。がっしりとした体格には、濁流に動じない岩のような太っ腹のところがあった。

――浅草で修業を終えたときに師匠が話してくれたんだ。店を出すなら寺の近くがいいと。法事などの団体さんが来てくれるからね。

初めて聞く話に、私は興味をそそられた。

――浅草の店には、日本画家の山口蓬春がよく来ていて師匠と親しくてね。うちの店の入ったところに掛けてある絵、あれは蓬春の絵ですよ。

確かに店の玄関に、ほおずきを描いた絵が掛けてある。私はこの店の格式を感じた。

周さんの同級生の話は面白かった。

――中三のときにさ、高校生と渡り合って俺が立ち上がれんようになったとき、これが助けてくれたんだ。これ、柔道部だったたんでね。

そう聞けば、周さんの体格は柔道の経験者を思わせる。庖丁を友だちに向けて周さんが笑っている。

――だからお前は人を見る目がない。負けるに決まっている相手もわからんようじゃな。もう一人の友人が紹介してくれる。

――周さんは高校二年のときは、俺と同じ吹奏楽部。有名すぎる不真面目な部員で通ったな。

ほう、周さんは吹奏楽にも興味があったのか。意外な話だった。

私が世話係になって行う会食では「椿」を選んだ。手抜きをしない調理の仕方を周さんから直に聞いていた上に、何回となくその料理を味わっていたからだ。ことに刺身が、いつ食べてもおいしかった。後になって知ったのだが、その訳はこうだ。

――焼津漁港に仕入れに行くと、業者が『椿』専用の魚や部位を用意していてくれるんだよ。例えば鮪の部位だって脂の乗ったところから、筋の多いところまで、それこそピンからキリまであるからね。買い手がいつもどのあたりを買うか、業者が見当をつけてるんですよ。

閉店時間になると、周さんは、カウンターの奥の調理場の壁にホースで水を掛けながら力を入れてブラシで磨く。だから桃色のタイルは、常に清潔な光を湛えていた。

私は、会食の膳に吸い物が出ないことを不思議に思っていたので、話のついでに尋ねてみた。以前は、法事や精進落としの席には必ず吸い物を出していたという。

――吸い物の味は店の味と言うくらい気を遣って出していたんだけどねえ。味噌汁まだかっていうお客さんがいたのには驚いた。それが一回や二回じゃなかったねえ。それ以来、吸い物を止めたんです。

――惜しいなあ。この店から吸い物の味を島田市へ広げてほしいですよ。

和食を好む私には、吸い物の味は捨て難かった。が、腕に自信のある周さんの意志は堅かった。

――ま、無理だね。郷に従えですよ。

ついに吸い物をいただく機会はなかった。

会社関係の団体客がさらに少なくなっていき、昼席の仏事の客も減っていくため、周さんの許で働いていた板前さん二人も他所へ移った。店は周さんと広次君とが調理にあたり、事務方の公子さんが料理を運ぶ役を一手に引き受けた。広次君は二十八歳。他の店での修業を切り上げて、父親の許で修業しながら働き始めた。

かつて会社関係の団体客で盛況を極めていた「椿」に凋落の兆しが見えたが、この店の味を知っている古い客は変わらずに団体で訪れていた。時に客の少ない夜には、コップ酒をカウンターに置いた周さんから様々な話を聞く幸運に恵まれた。その中で、最も私が心惹かれたのは、鮎の友釣りにまつわる話だった。

周さんは何十年も友釣りに出かけている。岐阜県の北部の山間には、毎年二泊で釣りに行くという。

——一度一緒に行ってみましょう。

その話はすぐに実行に移された。盆過ぎの定休日の前夜、釣り具を積み込んだ周さんの車で店を出た。私は盆の休暇中だったので仕事に支障はなかった。周さんの友人が一人加わって、車は愛知県の北部を通って中津川市へ出た。午前二時過ぎに山間の宿泊所に到着。毎回借りている知人宅の離れだという。

仮眠の後、八時頃から支度にかかった。服から履き物まで、すべて周さんが準備してくれた。竿も缶も借りた私は、蟬時雨の降る清流へ降りていった。

私は言われるままに浅瀬に入り竿を伸ばした。足もとで一瞬迷っていた友鮎が流れに突進していった。周さんは私の後ろから私の肩に手を置いて竿を持ったときの位置や構え方を伝授してくれた。

——竿はあまり動かさずに。友を自由に遊ばせるつもりで。

一通り教えると、周さんたちは上流へ上っていった。昼過ぎに戻って来た周さんの缶の中には数匹の黒い影が跳ねていた。私にも何回か手応えがあったが、引き上げるタイミングがわからずに釣果はゼロだった。

用具を石の間に置いて、私たちは通りに上がって食堂に入った。

——午後は釣れますよ。場所を変えますから。

周さんは私を励ましながら、自分の脇腹に手を当てている。

——どうも肩から横腹のあたりが痛くてさ。せいせいと釣りができないよ。

——そう言いながら七匹も釣ったんだから、さすがに名人だよ。

友人が感心している。

午後も翌日の午前中も初心者に獲物はかからず、山間の川を引き上げた。

それ以来、店の定休日には毎回釣りに出かける周さんの車に同乗して私も出かけた。

ウェットスーツも竿も釣り針など一式を買い揃えた。やがて十月ころになると、私は市内の大井川や伊久美川に一人で行って練習をした。初めて一匹を釣り上げた報告をすると周さんは喜んでくれた。

――十一月の初め頃までは楽しめるからね。早い上達ですよ。

私よりも十歳も若い師匠に励まされて、私は釣りの楽しみを得た。

――俺はねえ、腕が痛くて竿が持てない。この包丁を持っても痛くてさ。

整体院に通っているというが、右腕と脇腹にかけての痛みは治らないようだ。

年が明けた。私は「椿」に新年の挨拶に行った。店の入り口は閉まっていたので勝手口から入って声をかけたが、人の気配がない。しばらくして、二階からパジャマ姿の周さんが、手摺りを両手で掴み顔を顰めながら、木の幹にとまった蝉のような恰好をして一段一段を降りてくる。

――箪笥に掴まってようやく起き上がったけど、痛くてたまらないんだ。

公子さんは実家に行っており、広次君も友だちと会っているという。周さんは時間をかけて着替えをして、店の玄関を開けた。

市民病院で検査を受け、周さんが入院したのは二月の初めだった。血液の癌と判明するまでに長い日数を要した。

二か月後に自宅療養となった周さんの病状は、一進一退を繰り返す日々が続いたが、本人が最も苦しんでいるのは脚のしびれだった。

――もう仕事はできないですよ。長く立っていられないんでねぇ。

もどかしそうに周さんは脚を撫《な》ぜている。

――店をこれから先、どうしようかと思っているんだけど、かみさんと息子だけでは無理だから、息子が若い人向けにやっていける店にしたら……とも考えてるんですよ。

――広次君、二十八歳でしょ。嫁さんをもらうのが一番いいじゃないですか。

――そうすりゃあ、今のままでやっていけないことはないと思うけど……。

入退院を繰り返しながら五年の歳月が流れた。薬が徐々に強くなるらしく、身体全体が弱ってきているようだ。がっしりとした体形に変化はなかったが、話す声に力がなくなっていた。

――この病気の患者の平均寿命は過ぎたんで、もう少しは生きられるかもねぇ。

――大丈夫、まだまだ大丈夫ですよ。竿が待っているじゃないですか。

――ううん、悔しいけど、竿と缶はプレゼントしますよ。

数日後に店に行くと、竿と缶がカウンターの奥に出してあった。私はそれらを有り難くいただいた。

日が経つにつれて、周さんは店に降りてこなくなった。広次君が調理をこなし、公子さんが忙しく動いていた。が、公子さんはその足を止めて不安そうな目を向ける。

――全身がだるいらしく、眠っているときが多くなりましたね。薬のせいなんでしょうけどねえ。

——広次君と二人、よくやりますね。

——どこまでやれるか、やれるところまでやることにしてるんですけど……。もう、店は細々でいいからってあの子とも話してるんです。

笑顔を向ける公子さんは、一抹の翳りを残しつつも、店を続けていく意志を言葉の陰に潜ませているようだった。

その公子さんが遠慮がちに言う。

——またお願いがあるんだけど……。広次の手元をやってくれる若い人はいないかしら。特に忙しいときだけでいいんだけど……。

——男の子がいいですよね。

——そう。夜も遅いときがあるでしょ。調理関係を希望している子なんて知らないでしょうねえ。なければハローワークを通して募集してもらおうかと思ってるんですけどね。

——広次君の手元、私じゃだめかなぁ。

公子さんは声を立てて笑った。

——ないこともないんで、当たってみますよ。

拝むように手を合わせた公子さんの顔に安堵の色が滲《にじ》んだ。

ほとんど二階の自室で休んでいる周さんは、強い薬で全身が衰弱しているらしく、やはり眠っていることが多いという。周さんと話せなくなった今、私には、店がうまく回転していくように、頼まれたことをできる限り実現することしかなかった。

島田から浜松の調理学校に通っている翔《しょう》君なら適任だと思った。彼は確か和食コースにいるはずだった。三十年来、親しくしている両親なので、早速、父親に話してみた。翌日、息子も今後のためになるからと、やる気十分との電話があった。

翔君のアルバイトはすぐに始まった。素直な若者なので、広次君にも公子さんにも気に入られた。店に行くと、暖簾《のれん》の陰から、にこっと笑って頷《うなず》く翔君がいた。

周さんが肺炎を起こして入院した。今回は無菌室での治療のため、見舞うことができない。でも公子さんが、家族と一緒ならいいと言うのでついて行った。全身を消毒するための強風にあたり、手を洗浄してから病室に入った。

――あっちこっちに余分な手がかかっちまって。

ビニールの帽子を被ってはいるが、周さんの普段の声と変わりはない。公子さんもそれほど心配はしていない口ぶりだ。

――三日ほどこの部屋で治療するらしいんです。今はもう、熱は下がっているんですよ。

肺炎は治った。だが、個室に戻って六日目に公子さんから電話があった。食べるものを受けつけないまま眠っている状態が続いており、医師から近親者を呼ぶように言われたとのことだった。

私が病室に着いたときに、公子さんをはじめに広次君や奈美さんたちがベッドを囲んでいた。周さんは数本の管をつないだまま静かに眠っていた。その顔は、心地よさそうにさえ見えて、とても死にゆく人とは思えなかった。

翌日、周さんは意識を回復し、わずかながら食事もできたと公子さんから知らせがあった。薬の投与量が多過ぎたと医師から釈明されたという。

自宅療養の身となった周さんは、ほとんど自室で横になっていたが、友人が来ると無理をして降りて来た。周さんが言った。

――死にそこなったんだから、あとは生きるだけだ。

カウンターに座っている私にも、後ろの小上がりで話している友人たちの声が聞こえてくる。

――俺の辛さは、呑気なお前らにゃわからんさ。

これまで何度か、周さんが誘ってくれて、この賑やかな友人たちと私も飲んだが、周さんは常に座の中心的な存在だった。数年前に周さんが鮎を送っていた東京の友人も来ていた。

――あの鮎のお陰で俺は回復したけどさ、俺の方はお前に返すものがない……。

――こうやって、お前らが飲みに来てくれるだけで俺はいいんだよ。

部屋でばかり過ごす周さんに、外の景色の変化をザラ紙に書いて公子さんに渡した。週に一通程度を届けようと思った。第一通は、畦に彼岸花が莟を持ち始め、木犀も無数の莟をつけている風景を知らせた。

――新薬を試すために一週間ほど入院するんです。それは効果があるらしいんです。

公子さんの期待が笑顔に表れている。

周さんは大部屋に入って新薬の治療を受けた。痩せる様子は全くなかったが、さすがに顔は、土気色を帯びていた。

――ずっと気になっていたことを、本気で考えておこうと思ってね。七年目だけど、もう少しばかり生きられそうだからさ。

――新しい薬に期待したいなあ。

――そう。そうあってほしい……。息子が店を自分でやっていくにはどうするか……。それとかみさんの将来のことと……。まだ死ぬ訳にはいかないですよ。

淋しく頬を緩めた周さんの表情が気になって、三日後に再び見舞った。周さんは個室に移って眠っていたので、枕許にメモを置いておいた。

その後の三日間、店の明かりが点いていなかった。休業日以外に、「椿」と大書された明かりが点いていないと何か気になっていたが、今は不安の影が私の内に広がっていた。――また無菌室に移ったのではないか……。夜になって公子さんから連絡があった。見舞いの礼に続いて、

――もう三日、眠ったままなんです。今日、主治医に言われました。いつどうなるかわか

らないからって……。

気丈さを保ち続けている公子さんも、さすがに声を詰まらせていた。

――店を休む訳にいかなかったでしょう。だから何も……、本当に何も話さないままにこうなってしまって……。

＊

今朝の公子さんとの電話のやりとりが甦ってきた。

あれほど広次君や公子さんのことを気にかけていたのに。多分、周さんのことだ。何か書き残しているかも知れない……。

午前中の葬儀場の駐車場は、がらんとしていた。私は、公子さんから受付の係を頼まれた。葬儀場が整った後、私は家に戻った。喪服に着替え、再び葬儀場に行って受付場所に立った。六十七歳の調理の、いや友釣りの名人を送らねばならないとは――。

通夜には九時を過ぎてから来る人もあり、十一時を回ってからの帰宅となった。私は弔辞を書いた。周さんとの繋がりは、いつしか浅瀬から深い淵に入っていた。調理のプロ、鮎釣りのプロ、友人を思う熱い人として認《したた》めていった。

翌日の葬儀にも多くの人々が参列した。私は、共有してきた様々な時を思い返しながら、精悍な顔で写っている周さんに語りかけた。語り終わって席に戻った私は、写真の周さんに「まあ、無理せずに」、そう言って分厚い手でポンと肩を叩かれそうな気がした。

葬儀の翌日も「椿」は以前からの予約が入っており、広次君と公子さんは店を開けた。骨箱は、新しく造る墓が完成する来年の一月半ばまで、自宅に祀るという。

私はこれまでと同じように、「椿」のカウンターに行った。そのたびに甚兵衛姿でひょいと暖簾《のれん》をわけて調理場から周さんが出て来そうな気がした。公子さんや広次君とは、いまだに周さんの話となる。公子さんは明るく振る舞いながらも鼻を詰まらせるのが常だった。

納骨が終わり二月に入った。店に入ろうとして私の足は止まった。入り口の側の梅が、三つ四つ、花をつけているではないか。主《あるじ》なしとて……か。いや、小ぶりの梅の枝には、実に静かに親方が帰って来ているのだった——。

こころ深く

端近《はしぢか》

三十年以上も続いている読書会、とはいえ、メンバーが揃わなかったり、他の行事と重なったりして休むこともたびたびあったが、月一回の会を曲がりなりにも六人で継続してきた。

発端は、カウンセラーの平林千恵先生が、島田市内にある自宅を改造されて、「子ども相談室」を開設されたことにある。当時カウンセリングの活動は新しい分野であり、島田市においては先駆的な活動として注目された。

市内の中学校に勤めていた私は、平林先生からある役割を依頼された。相談室センターの活動の第一には不登校生の指導、第二にはカウンセラーの養成があるのだが、第三の活動として読書会を定例化したいということだった。テキストや運営については一任するとのことだったので、私は水を得た魚のごとくこの話に飛びついた。

長い間にメンバーも固定化し、ここ二十年ほどは古典をテキストにしているが、メンバーも高齢化してきたので自然と古典に親しみたいと思うようになったのだった。

『歎異抄』『徒然草』を数年かけて読み進めたが、詳しく読んで内容を深く理解するのは荷が重かった。解説本を援用しながら何とか読み終えたが、改めて古典を読む難しさを知った。

同時にその面白さの一端を味わうこともできた。

『平家物語』に三年余りをかけ、ここ二年は『源氏物語』を読んでいるのだが、テキストは『平家物語』のときに用いた現代文付きの文庫本が便利だったのでそれにした。合わせて、瀬戸内寂聴の『源氏物語』の助けを借りた。

巻二「賢木」を読み進めていたときだった。私は、古い写真を手にしたときのような懐かしい言葉に出会った。その言葉は次のように現れた。「人目も繁き頃なれば、常よりも端近《はしぢか》なる、そら恐ろしう覚ゆ。」（源氏は人目の多いときだったが尚侍《かん》の君と会う。いつもよりも出口に近い所だったたので恐ろしい気がした。）

この「端近」という言葉は、私の育った兵庫県北部の田舎の家で、祖母が時に使っていたのだった。やや広い我が家へ近所の人が来て、上がり口の隅に腰を降ろすと、祖母は言った。

——そんな端近に座らんと（座らないで）、こっちへ来《き》んさい。

また客を招く集まりなどの折に、座敷の入り口近くに座っている客に、

——そこは端近じゃで、もっとこっちへ来んさい。

というのだった。

いつの間にか子どもの私の耳に、「はしぢか」という言葉がインプットされた。が、私がその言葉を発することは今日まで一度もなかった。また祖母以外の人から「はしぢか」という

言葉を聞いた記憶もないような気がする。言葉はそれが頻繁に使われる環境でなければ生きてこないのだろう。だからなのか、今日までの私にとっては、「はしぢか」は死語になっていたのだが、テキストを読んだ瞬間、六十余年ぶりに生き返ったのだった。

巻六「若菜」にもこの言葉は登場する。「いと端近なる有様を、かつはかろがろしと思ふらむかし。」（女三の宮があまりに端近にいらっしゃったのを、柏木ははしたないと感じたことだろう。）

寂聴版でも原文にはない「端近」が使われて、状況をわかりやすくしている。「御息所は、『さて……かといってこちらから端近に出ていってお逢いするのも今更気恥ずかしいことだし……』とためらいながらにじり出ていらっしゃいます」（賢木）とか、「……人気に近い端近なあたりですから、盛大な御産養《おんうぶ》いの御祝いなどが次々と続いて……」（若菜上）とか、「『上達部《かんだちめ》の席が階段では端近すぎてたいそう軽々しい。どうぞこちらへ』とおっしゃって車の対の南面にお入りになりましたので……」（若菜上）のように。

私の祖母は、昭和五十八年に九十歳で他界したが、それまで祖母の言葉の引き出しの中には「端近」が入っていた。ということは、平安時代の朝廷で優雅な貴族たちが用いていた言葉を、片田舎の貧しい庶民が日常語として使っていたことになる。長い歴史の中でどのような変遷を辿って一般化したのか興味深いところだが——。

もっとも、既に平安時代には、貴族だけでなく一般庶民も「端近」と言っていたとも考えられる。端に近いという意味からすれば、実に平易な言葉なのだから。

「端近」という言葉を使っていた人は、唯一祖母だけだと思っていた私は、妻の話に驚かされた。妻の母方の祖母は、若狭湾に臨む小浜の田舎で育った人なのだが、その祖母が「端近」と言っていたというのだ。だが、客が来たときに使う程度で、ふだんはほとんど使わなかったという。この点は私の祖母と共通しているようだ。妻がその言葉を聞いたのは小学生の頃だというから、時代も私の記憶とほぼ同じ頃になる。

兵庫県と福井県で使われていたことから考えられるのは、貴族社会の京都から近くの県へ人々が往来し、それにつれて物や言葉も運ばれたのではないかということだ。つまり、朝廷文化の一つである言葉も地方へ伝播したのではないかと思われる。

私の耳には残っていたが、一度も発したことのない「端近」という言葉は、少なくとも現在の私にとっては死語といってよい。妻にとっても同様だろう。だが『広辞苑』には掲載されている。いまだに使われているのだろうか……。使われているのだ。

偶然にも、まさに偶然にも私は読み返していた『一房の葡萄』（小川国夫・昭和五十年）の中に発見した。「彼は……端近に仰臥していた」とあったのだ。昭和五十年頃には「端近」は生きていた。

だが、平成元年版の『大辞林』には「端近」は掲載されていない。この時点で死語として扱っているということだ。とすれば、私は祖母を通して「端近」という言葉の最期を看取った歴史的存在ではないか。妻もまた――。

昨夜、兵庫県北部のふるさとの同級生、妙子さんに電話を掛けた。つい先日、朝倉山椒を煮たからと瓶詰めを送ってくれたお礼のついでに聞いてみた。

――子どものころに『はしぢか』って聞いたことあるかなあ。

問い返す妙子さんに意味を説明すると、

――「上がりと」のことやねぇ。「はしぢか」は聞いた覚えないわぁ。

ということだった。

私たちの世代でも「端近」という言葉を聞いた人は極めて少数と見ていいだろう。だとすれば、私と妻はやはり、日本の一つの言葉が徐々に消滅してゆく運命に立ち合った実に貴重な歴史の証人ということになるのではないか。

見送り

旧知の、といっても三十歳も若い西本君が、今年も艶々とした栗を沢山届けてくれた。ご飯に、渋皮煮に、金団《きんとん》にと季節の味が楽しみだ。教職の身にある西本君は絶えず忙しく動いており、今日の休日も仕事があるからと、立ち話に一区切りつけて、家の前の駐車場に置いた車に乗った。私はいつものように道路に立って西本君の車を見送った。狭い道を車は十メートルほど徐行したまま角を曲がった。

私がこのような見送り方をするようになったのには理由がある。

一つは次のような体験を二度、三度としたことによる。親しくしていた職場の先輩宅へ、私はしばしば伺っていた。話も終わって、いざ帰る段になったとき、私が玄関を出た直後に奥さんが鍵をかける音――、ガシャッという一瞬の金属音が聞こえるのだった。何事もきっちりと処理される奥さんなので施錠にもぬかりがなかったのだろうが、私の耳には幽かな拒絶感を帯びた音として響いた。

もしも、玄関の外で二言、三言会話をして帰れば、あの金属音は回避できただろうに。とはいえ、親しい間柄であれば他人行儀のように、わざわざ外にまで出ることもあるまいとも思った。

二つ目は、私には到底できない姿に出会ったことだ。

市内にあるS高校に、カウンセラー専門の平田先生がY市から通勤されており、自校の生徒や保護者、教職員の相談に応じられていたが、自校以外の相談者にも対応されていると聞いた。

当時、私は市内の中学校に勤務していた。学校では一部の生徒たちではあったが、暴走族との繋がりから金銭トラブルや暴力事件が頻発しておりその対応に苦慮していた。

思い余って五月のある日、私はS高校の校舎から小川を挟んだ山の麓にある相談室を初めて訪ねた。麓の斜面に沿った駐車場に車を止めた。斜面には、数本の薊《あざみ》が初夏の光を浴びていた。

相談室にも薊が活けてあり、清潔な部屋で年配の平田先生は、実に穏やかに私を迎え入れてくださった。

——中学校にも高校並みの問題が広がってきたようですが、これは全国的な傾向で、ますます複雑になっていくようですね。

先生はあくまでも穏やかだった。暴走族と中学生との関係を切るために警察署とどのように関わるか。私の相談を平田先生は和紙が水を吸い取るように懐深く受け止めてくださった。

高校の教員を定年まで勤められた体験と広く学ばれた見識に、私は今後の示唆を得て相談室を後にした。

玄関の外まで出てこられた先生に再度お礼を言って私は車に乗った。駐車場を徐行して小川の橋へ出るところで、私は思わずブレーキを踏んだ。バックミラーに私を見送って立たれている平田先生の姿が映っていたからだ。私は胸の内でお礼を言って小川を渡った。

それからも、私は思い悩むたびに平田先生のところへ伺った。そのたびに先生は玄関を出て、私の車が敷地を出るまで見送ってくださった。

あるとき、私は先生に尋ねてみた。

――いつも先生に外で見送っていただくのですが、どうしてそのように丁寧にされるのですか。

先生はどこまでも物静かに、

――自然に身についた習慣……でしょうかねえ。もう長いんですよ。

と、遠くを見るような目で話された。

静岡県内にも不登校の生徒が出始めたころ、県庁に「相談センター」が設置された。そのセンターの職員として任にあたり、県内各地から来る訪問者の相談に応じてきた。何時間もかけて来た親子に一時間程度しか相談に応じられなくて心苦しい思いをした。その程度の相談で問題が解決するなどということは、到底あり得なかった。

いつの頃からか、申し訳のない気持ちでエレベーターの乗り口まで行って相談者を送るようになった。

――そのとき、私の胸の中にあったのは、どうかこの子どもが回復してくれますようにという切実な願いでした。

噛みしめるように話される先生の言葉は、柔らかく私の心に染みた。

――ですから、私が来訪者を見送るのは、私の祈りなのです。

祈り――。そのように深い思いがあってのことだったのか――。

三つ目は、日本を代表する宗教学者、山折哲雄先生との出会いだ。

十五年前の十月、全国和文化教育の会長でもあった山折先生が島田市の教育委員会に立ち寄られた。教育委員会に在籍していた私は、和文化教育の事務局から前もって連絡を受けていた。市内の店で昼食をとりながら和服姿の山折先生と私たち数人は懇談する機会を得た。私たちは、山折先生からの依頼事項についても承知していた。

――和文化教育の全国大会を島田市が担当してくれると有り難いのですが。

このような依頼を受けて、三年後の十一月、プラザ「おおるりホール」を会場にして全国和文化教育全国大会を開催した。第一日の講演で山折先生は、「日本人の心」について話された。その中で、人に接するとき、「出迎え三歩、見送り七歩」という言葉があると話された。日本人の奥床しい仕草の一つとして紹介されたのだが、私には思い当たる体験と重なって実によくわかった。

人を迎えたり送ったりするときの心のありようが、三歩、七歩の形（仕草、態度）になって表れるのだが、私はこの形に対して、四十歳頃まで否定的な考え方をしていた。「心があれば形は問わない」「形よりも内容が大事だ」と思う傾向が強かったからだ。

しかし、和文化を見直す機会を得た私は、改めて形を身につけることの大切さに気づいた。古来、茶道や柔道の基本に、形、型、礼、仕草が置かれている意味も理解した。形から入り、形を整えることによって内容や心が整うという原理の確認だった。

私個人の生活においての「出迎え三歩」だが、初めての来訪者が私の家が不案内なときに道路へ出て迎えるときがある。しかし、これは案内に過ぎない。

では「見送り七歩」はどうか。垣根沿いに道路に出ると十三歩ほどあるので、勢い七歩以上の送り方になってはいる。家の前に借りている駐車場をバックして来た道を引き返す来訪者に対しては、十メートルほど先の角を車が曲がるまで、また来た方向を直進して帰る来訪者に対しては、三十メートルばかり先の角に車が消えるまで見送ることにしている。が、この送り方は「有り難うございました」とか、「気をつけて」という程度の送り方に過ぎない。「祈り」などの次元とはほど遠いのだ。

以上が三つの理由であるが、それらとは別に、私には忘れられない「送られ方」が二つある。

一つは、高校生の頃から遊びに行っていた母の実家でのことだ。身体の弱い祖母は、いつも着物姿で寝たり起きたりの生活をしていたが、日だまりのようなぬくもりをもって私を迎えてくれた。

私が帰る折に、祖母は着物姿のまま道路に出て、駅まで歩いて帰る私を見送ってくれた。しばらく歩いて振り返ると、頼りなげな祖母の小さな姿がまだ見えていた。祖母が床につくようになるまでのほぼ十年の間、このようにして見送ってもらったのだが、そのたびに背中で受け止めたぬくもりは、何年も経ってから伏流水のように私の内に甦って、私の幸せ感となった。

もう一つは、退職して間もない頃のことだ。私は妻の勧めているデイ・サービスの事業所でボランティアをしていた。自分の父親を通わせているS子さんは、妻とよく連絡を取り合っていたが、私とも懇意になった。

ある日の夕方、私がS子さんの父親を家まで送って行った帰り道、家の前の狭い道路を徐行しながら五、六十メートルも進んだとき、バックミラーにS子さんが映っていることに気づいた。さらに進んで角を曲がるとき、まだS子さんはバックミラーの中に立っていた。

車社会にあっても、車が見えなくなるまで見送るS子さんの姿は現代が失った宝ではないのかと私は思った。

人の後ろ姿が見えなくなるまで見送る――。車などのない遠い昔、そのような光景は至るところであった。私たちの祖先は、家族や友人が旅に出るときや遠くへ行くとき、姿が見えなくなるまで立ち尽くして見送った。どうかご無事で――、と心をこめて、祈りをこめて。

『奥の細道』の芭蕉出立の場面が、このことをよく伝えている。

四十六歳の芭蕉は、元禄二年（一六八九）、三月二十七日（陽暦五月十六日）、千住を出発する。前途三千里の長旅は死を覚悟した旅だった。多くの人々と別れの言葉を交わし、一路日光街道を下って行った。振り返ると、「人々は途中に立ち並びて、後ろ影の見ゆるまではと見送るなるべし」と芭蕉は記している。

「三歩」「七歩」は歩数を表す数詞だが、実は迎える側や送る側の心のありようを示す指標でもある。「出迎え三歩、見送り七歩」の生活訓を、遅まきながら我が家の家族の習慣にできたらと願っている。

通夜の頬笑み

――今夜、初公開します。

いつもの五人の顔が揃った忘年会の座が和んできた頃、座布団から離れた幸世さんは、用意してきた紙袋の中から赤い紐と鋏とを取り出した。彼女は持参した小型のラジオカセットのボタンを押す。曲は「真珠の首飾り」。黄色いネッカチーフを肩に、口上を述べはじめた。

――さぁて、さて。この赤い紐のまん中を切ってください。

曲に乗った大柄な幸世さんは、にこやかさと真剣さをちらつかせながらマジシャンになっている。鋏を渡された滝さんが、ジャンパーを脱ぐと、

――よおっと。

一声発して、紐を切り落とした。

――さぁて、さて。

マジシャンは、二本に切られた紐を一緒にして、両手で包み込むと一同の顔を見廻した。

――はぁーい。

高々と両手を広げると、切ったはずの紐は、元の赤い一本の紐になっていた。四人の観衆は歓声を上げげて拍手をした。

続いて二つの手品を披露して席についた幸世さんに質問が続いた。種を明かすことよりも、常に控え目な彼女が変身した訳が聞きたかったのだ。私も幸世さんの積極的な一面を意外に思うと同時に感心もしていた。

——何を思ってか、静岡へ手品を習いに行って半年になります。自分の狭い人間性を少しでも広げたいと思ったのは確かなんです。

ビールで顔を紅潮させた照美さんが、しきりに羨ましがっている。

——さすがに幸世さんだわ。ずっとお義母《かあ》さんの介護も続いてるでしょうに。

——義母はもう家での介護が無理になって施設に入所したの。そうでなかったら家を空けられないもの。

正座を崩さず穏やかに笑みを湛えて話す幸世さんは、これまでと少しも変わらない。

年に三、四回開くこの会は、茶の販売をしている滝さんが幹事役を務めており、メンバーは中学校のＰＴＡの役員で知り合って以来二十年近くなる。

晩婚だったという幸世さんには娘さんが一人あり、今は食品会社の食材検査の仕事に就いているとのことだ。京都や岡山の支社で仕事をする期間があるらしく、そのたびに旅行を兼ねて幸世さんは娘さんのところへ行くのだと嬉しそうに話す。

会では、毎回ＰＴＡの頃のあれこれが思い出されたが、決まって幸世さんの会議の進め方が話題となった。当時、誰も言い出せないことでも、控え目でありながら的を逸《そ》らさずに発言する幸世さんの姿勢に、多くの人々が共感を示した。

――センスあった、抜群の。

照美さんのいつもの讃辞だった。

このセンスの持ち主はどのような経歴の人なのか、以前から気に掛かってはいたが知る機会もなく時は過ぎていた。この会が発足したばかりの頃、幸世さんが話してくれたことがあった。

東京で会社勤めをしていたが、四十歳を過ぎてから島田に嫁いできて、初めての土地になかなか馴染めなかったと。

――東京へ出る前、小学生の頃は信州で暮らしていたんです。ですから私には、あの作品の情景、雪の世界が手に取るようにわかりました。

あの作品というのは、拙著『雪の重み』のことだ。

――信州もあの通りの雪の景色でした。何年かぶりに信州を思い出しました。もう懐かしくって懐かしくって。

とめどなく言葉が噴き出る話しぶりだった。私は幸世さんの情熱的な一面を見たような気がしたが、それよりも自分の書いたものをこのように読んでもらったことを有り難く思った。

四年前にお義祖母《ばあ》さんを送って以来、身の軽くなった幸世さんは、障害者施設のパートをしながら、娘さんのところへしばしば出掛けているらしい。

――娘の帰りが遅いので食事を作ってやったり、片付けてやったり……。

娘さんの話になると、幸世さんは他に何もいらないといったふうに熱を帯びてくる。

幸世さんのマジックは、その後、会の定番となったが、今年の正月に喪中の葉書が届いた。昨年十二月に夫が逝去したとあった。幸世さんはご主人の話をしなかったので、私には事情がわからなかった。

それでも立春の翌日、遅い新年会を開いた。幸世さんとも連絡を取った滝さんが報告してくれた。

――元気だったよ。喪中なので欠席するが、春先には家に来てもらってご馳走したいって楽しみにしてた。ほら、何年か前に大井川の堤で花見をしたときみたいにって。

あの日は風が強かった。桜の花びらが盛んに舞う中で花見をしたときに、幸世さんが豪華なオードブルを作って振る舞ってくれたことがあった。そのときは、まだマジックはなかったが、幸世さんの調理の腕に皆が一様に感心させられたのだった。

――ご主人は以前から体調がすぐれなかったようで、入院して五日目に亡くなったんだって。

滝さんの話に気が重くなった私たちだったが、春の会を楽しみにして散会した。

その二日後、夕食をすませて寛いでいるところへ滝さんから電話があった。のんびりと携帯電話を耳に当てたとたん、鳥肌が立った。幸世さんが亡くなった――。控え目に笑みを湛えた大柄な幸世さんが瞼に大きく映った。

——周りの人にも知らせなかったらしいけど、癌だったらしい。

気落ちした様子の滝さんは、また連絡すると言って電話を切った。彼と同じように、私も幸世さんが病身であったとは信じられなかった。人知れず悩みを抱いていたのか——。両脚から力が抜けていくような気分が尾を引いた。

日脚が伸びて、咲き残った梅の白さが通りの家の庭に浮かんでいた。家からそう遠くない斎場へ着いたときには、既に滝さんや照美さんたちは席についていた。

通夜は畳の間でこぢんまりと行われた。私たちは最後列の席に座り、静かに頬笑んでいる写真の幸世さんとのあれこれを回想していた。七十三歳の旅立ち——。『徒然草』にあった一節が実感をもって想起された。

——死期は序《ついで》を待たず。死は前よりしも来らず。予《かね》て後ろに迫れり。人皆、死あることを知りて、待つことしかも急ならざるに覚えずして来る……。

最前列に座っている、髪が肩のあたりまである人が娘さんだろうか。突然母親を失い、慌ただしく葬儀を行わなければならない胸の内は混乱しているだろう。まだ二十代の後半だ。一人でこの事態を引き受けるには荷が重すぎる。頼るべき人はいるのだろうか……。

儀式は終わった。紹介されて娘さんがマイクの前に立った。幸世さんに似て背の高い細身の娘さんは、遠慮がちに話し始めたが、すぐにはにかむような笑みを湛えた。

——母は私をいつも明るく育ててくれました。私は母を明るく送りたいと思います。皆様にも明るく送ってくださいますようにお願いします。

挨拶はそれだけだった。やや紅潮した笑顔に悲しみの色合いは全くなかった。——見事だ、と私は唸った。この若さで、いや若さゆえに、一片の飾り気もない率直さで対応できるのだ。

私は帰る車の中で、だが——、と思った。娘さんのあの頰笑みの奥には、言い知れぬ悲しみの湖があるのではないか。凪いだ湖面の底の何層もの沈澱物のような複雑な思いが——。それは一段落した後にじんわりと訪れてくるのではなかろうか。

それにしても、私たちは幸世さんと親しく交流してきたのだが、娘さん以外の家族については知らないままであり、ましてや幸世さんの病気については全く気づかなかった。私たちの交流は、玄関先のそれでしかなかったのではないか——。

夜の帳《とばり》が落ちたいつもの帰り道だが、私の内には喪失感や不甲斐なさと隣り合って山小屋のランプのような小さな灯が点っていた。今し方、はにかみながら挨拶をした娘さんの頰笑みと言葉が点してくれた小さな灯——。

落款《らっかん》

小包が届いた。差し出し人は神戸市の田村すみ江となっているが誰なのか……。私の住所も電話番号も間違いはない。訝しく思いながら開けてみた。

クッキーの箱と布張りの緑色の小箱と手紙が入っていた。手紙には丁寧な文字が認《したた》めてあり、突然の便りを詫びた後に次のように書かれていた。

――私は野垣正次《しょうじ》の娘（もうオバアチャンですが）です。父が長い間お世話になり有り難うございました。生前の父は、静岡からお茶を送っていただくたびに喜んでおりました。父の遺品を片付けていましたら、これまでにいただいた絵入りの年賀状がまとめてありました。挿し絵に使っていただけたらと思い、うちの商売の判子ですが、夫が作ってくれましたのでお送りいたします――。

文面は続いて、神戸市に嫁いで印鑑作りの店を持っていることや父親の最期のことが記されていた。

野垣正次先生――、兵庫県北部の田舎で、私が小学校四年生から六年生までを受け持っていただいた先生だ。学年は二クラスあったが、どういう訳か三年間も続けて野垣先生の学級になった。

がっしりとした体格の壮年の先生だったが、私たち一人一人によく配慮してくださった。わがままに振る舞っていた私は、先生にも迷惑をかけただろうが、今ではそれらのこともすっかり忘れている。それでもいくつかのことはよく覚えている。

それは五年生のときだったか、学校から一キロメートルほど歩いて川原へ行ったことがあった。いろいろな種類の岩石を拾い集める学習だった。六月の暑い日で、私たち男子数人は川の中へ入って半分遊んでいた。そのうちパンツ一つになって私たちは泳ぎ始めた。

帰る段になって、ズボンを提げて濡れたパンツのままの私たちを、先生は笑って見ておられた。教室の窓の外に、紐にかけた数枚のパンツの旗を並べたときも。

野垣先生は、しばしば私たちを教室の外へ連れ出してくださった。紋白蝶の卵を探しに出掛けたときには、私は必ず卵が産みつけてある草を発見した。それは小さな黄色い花を付ける草で、その葉裏にはたいてい卵が付いていた。

野原に行ったとき、腰を降ろした所にタンポポが咲いていた。

――掘ってみたら。

先生に言われて私は調子よく引き受けてシャベルで掘り始めた。すぐに掘れると思ったタンポポはなかなか掘り出せない。根が地中へ深く伸びているのだ。ようやく掘り出した根の長さに私は驚いた。それは、ふだん何げなく見ている草の、意外な秘密を発見した一瞬だった。さりげなくそのような体験をさせてくださった先生だった。

また、あれは六年生のときだった。先生が大きなリヤカー二台を用意され、私たちはそれを引いて三キロメートルほど離れた山里へ粘土を取りに行った。

授業日に私たちのクラスだけが、土埃の立つ田舎道をリヤカーを引いたり押したりして行くのだから、それだけでも遠足気分だった。加えて山の崖を鍬で削り取って粘土を掘り出す作業。私たちは嬉々として夢中になった。

他日、学校に持ち帰った粘土を使って、私たちは図工の時間に焼き物を作った。これがまた初めての経験だったので面白くてたまらない。

校庭の隅に野垣先生たちが粘土で釜を作られ、その釜に色付けをした器や花瓶を入れて焼いてもらった。釜から取り出した自作の作品を手にした私たちは喜色満面、宝物を得た喜びに浸ったのだった。

私は地元の高校を卒業した後、明るい風土の静岡へ憧れてそこで学生生活を送り、島田市に職を得た。その頃から新茶の出る季節に野垣先生へもお茶を送った。先生からは毎回、きれいな字の手紙が届いた。ある年には、先生の搗かれた餅を送っていただいたこともあった。

私が四十歳を過ぎた頃からの手紙には、健康に留意するようにと必ず書き添えてあった。恐らく先生ご自身の体験からの忠告だったにちがいない。

畑作りやお孫さんの幼稚園バスへの送迎の生活をされた数年後、八十半ばのときに奥様を亡くされた。そのあたりから先生の便りは途絶えがちになったが私は例年通り新茶を送っていた。

昨年の一月、ふるさとの友人から野垣先生の訃報が届いた。百歳に近い長寿だった。私は静岡の地から先生の冥福を祈った。長く長く繋がりを保っていただいたことに、そして小学生の私を導いてくださったことに感謝して——。

私は田村すみ江さんに礼状を書いた。野垣先生は、がっしりとした体格で力が強かったことやきれいな字を書かれたこと、それに粘土の焼き物作りを体験させてくださったことを書き添えた。終わりの一枚には、私の拙い豌豆の挿し絵の下に、いただいたばかりの落款を押した。艶のある白い石のその印は小型のパイプのような形をした三センチほどのものだ。上部に細い紐が通してあり、よく見ると印の中ほどに「天海刻」と刻んであった。田村さんのご主人の製作者名だろう。

押した印は楕円形の中に、私の名前が隷書体ですっきり出ていた。挿し絵の左下のこの印が、挿し絵全体を引き締めるアクセントになった。

礼状を投函した数日後に、この季節に毎年依頼するお茶屋で、田村さんにも新茶を送った。その夜、初めて田村さんに電話をして、お茶を送ったことを伝えた。

思いの外、電話は長くなった。

——父の衣替えに帰ることが多かったんです。あのとき、私の横に寝とった父が背中をさすってくれって言うので暫くさすったんです。次の朝に私は神戸に帰って来たんですが、その間に亡くなりましてね。なんでもう一日いてやらなかったんか、後悔してます。

——半世紀もの間お茶を送ってもらいましたでしょ。教師冥利に尽きるって、父がよう言うてました。

——もう父がいない実家へ帰ってもなあ……と思ってます。

田村さんは次から次へと旧知に会ったように話す。六十八歳で、長女一家は近くに住んでおり、次女の夫は転勤が多くて、現在は大分県にいる話まで広がった。

——神戸へ来られるときがあったらご連絡くださいね。

言葉の端端にふるさととの余韻を残して電話は終わった。

今後、私が落款を使うのは、年賀状と暑中見舞いを出すときくらいだが、たとえそれ以外に使う機会があったとしても、使うたびに野垣先生とその娘さんを思い出すだろう。

そう、この落款は、使う瞬間に野垣先生との繋がりを再生させてくれるにちがいないだろうから——。

我が師

《謹んで片桐三樹男先生にお別れの言葉を申し上げます。つい先日、先生の書斎でいつものように二時間余りのお話をしたばかりだけに、今、私は深い喪失感を抱いたままにいます。》

祭壇に置かれた片桐先生の温和な遺影に向かって、私は弔辞を読み始めた。

平成二十五年十一月三十日、午前一時、片桐先生は九十七年の生涯を閉じられた。その朝、八時前に、先生のご長男、正樹さんから訃報を受けた。驚きとともに、大きな喪失感が身体を突き抜けた。やがて、その喪失感は谺のように戻ってきて徐々に私の中で深くなっていった。

八時半過ぎに妻を伴ってお悔やみに伺ったが、いつも開けて入る門扉は締まっていた。死亡確認のことで医院と警察署を回らねばならないと正樹さんが言われていたので、そちらへ出掛けられているのだろう。先生は独りで眠られているのか……。私の開け慣れた黒い門扉が急に他人顔に感じられた。

《先日伺った折には、自己流の体操だがと言われて、手の指や脚、腰の運動を紹介してくだ

さるほど矍鑠《かくしゃく》とされていました。》

ここ数年、先生は腰を痛めておられ、家の中でもステッキを使っておられたが、手の指を合わせて一本ずつ回転させたり、スクワットやマッサージを続けられていた。顔には艶があり、食事にも気をつけて、毎朝バナナを食べると話されていた。

現役時代には、片手に鞄をかかえ、背筋を伸ばして、もう片方の手を大きく振って通勤されていた姿を私は印象深く覚えている。

《私が二十九歳、島田K小学校に勤めているとき、校長として片桐先生が来られました。忘れもしません。夏休み前の職員への話はこうでした。「今、アメリカの未来学者、トフラーの著書『フューチャー・ショック（未来の衝撃）』が面白いので、休み中に読んでみてはどうか」それだけでした。私は瞠目しました。私などとは次元の異なる世界をお持ちなのだと。》

片桐先生は、それまで私が仕えた三人の校長とは大きく違って、視野が広く学者的だった。そのことを、四月一日に着任されたときの挨拶に感じた私は、同僚数人を誘って、その夜、予告もせずに片桐先生のお宅に伺ったのだった。この先生の下でなら思い切り仕事ができそうだ――、涌《わ》き水のような希望が私の胸底に生まれていた。

放課後、職員室で片桐先生と話をする機会に恵まれたときは、職員の誰もが気分を高揚させていた。

——旧制の中学生のときに『桑の実』という同人文芸誌を出したことがあってねぇ。これでも私は文学少年だったんだよ。

先生のそのような話は、ますます親近感を強めた。私も文芸誌の同人となって、詩や評論や児童文学の作品を同人誌に載せていたからだ。

夏の研修会で浜岡町の小学校へ行くことがあった。片桐先生はじめ三十名近くの職員が参加した。帰りは金谷駅で解散となった。片桐先生が意外なことを言われたので皆が驚いた。

——久々に、歩いて帰ろう。

島田までは相当の距離があると思ったが、片桐先生と二人だけで歩けることは嬉しいことだった。それにしても片桐先生は健脚だ。

暮れかけた金谷の町中を、先生は背筋を伸ばして大股で歩かれる。金谷の町にはほとんど来たことのない私は、先生について歩くほかなかった。と、先生は、小路に入ったかと思うと、ある店へ入られた。

——早いけど頼むよ。

スナック風のその店は、どうも先生の馴染みらしい。ボックスに座ると、化粧と香水の匂いを振り撒いて二人の女性が同席してはしゃぎ始めた。

——あなたたちとは初めてだけど、私の商売を当ててごらん。

先生は二人を相手にビールを飲んで楽しそうだ。

その日は、研修会よりも、くだけた片桐先生の一面に接したことの方が、私の収穫だった。

《先生は書斎の人でした。伺うたびに、書斎でお話をお聞きしましたが、あるときは、英語を覚え直していると言われ、最近は漢詩を暗誦されており、ノートに書き写された漢詩を見せていただきました。先生の口からは、漢詩、芭蕉や蕪村の句、短歌などが流れるように出てきました。また、歴史や思想史についても精通されており、話は尽きることがありませんでした。まさに豊富な学識を持たれた「知の人」でした。》

職場でも、また退職された後も、先生はしばしば尋ねられた。

——最近はどんな本を読んでいるかね。

忙しさにかまけて、本から遠ざかっていた私はそのたびに、隠し事を見つけられたときのように恥ずかしかった。

——丸山真男を読んでおくといいよ。

さりげない先生の一言は、私にとって大きなヒントになった。

先生は、若い頃に、東京大学で研究生活をされたときのことや、東京在住時の村松梢風を一人で訪ねて行かれたことなども話してくださった。召集されて中国大陸の戦地へ赴くとき、背嚢《はいのう》へパールバックの『大地』を入れて行ったこともお聞きした。

《先生の人生に大きな意味をもたらしたのは、二度にわたる召集であったと思います。中国での軍隊生活で、あるとき暴れる馬に胸を蹴られて失神し、野戦病院に入られたことがあり、入院中に金色の世界に抱かれそうになった夢を見られたとのことでした。この臨死体験については、ノートにも記録されており、たびたび思い出されていました。》

《島田F中学校の校長となられた二年目、私も同校に移り再び片桐先生のもとで勤務させていただきました。その後、先生は島田市教育委員会の学校教育課長として、島田市全体の教育を推進されました。

先生は、教職員個々の特性をよく把握され、細かい配慮をされていることが、一教員の私にもわかりました。その意味で、先生は「清廉の人」であったと思います。》

先生の記憶力は九十七歳まで確かだった。

——アメリカへ使節団として行く学生の引率教員として、小沢さんを推薦したけど、彼女はどうも英語が苦手だと言うんでね、英語に堪能だったMさんに頼んで、特訓してもらったこともあったねえ。

小沢さんは、市内の小学校の校長を務め、退職して五年になるので、四十年ほども昔のことになる。

教育委員や市役所の職員などの話もされたが、その人の人となりの内容であって、政治的な気配は全くしなかった。先生には、政治的に動くような思惑は別世界のことだったに違いない。曇りのない眼で人を見る先生だった。

私たち四、五人は、そのような先生をときどき誘って、会食をしたり、東京の博物館や図書館へ行ったりした。近代博物館では、先生の知人が学芸員として勤めており、詳しい案内をしてもらったことがあった。


《先生が奥様を亡くされたのは、九十歳のときでした。以来、書物を友として独りの生活をしてこられました。いつも書斎には新聞や書物が整然と置かれ、家の中も気持ちのよいほどに片づいていました。

独りの時間を、先生は本を読まれ、詩や句を暗誦され、ノートに書き留めて過ごされているのでした。そのお姿は、まさに「孤高の人」でした。》

失礼ではあったが、私は先生のお宅に伺った折は、勝手口から入って、大きな声で、こんにちは――と言いながら書斎に入って行った。妻もちょっとしたおかずを届けることがあったが、同じように勝手口から上がっていた。

――腰の痛みは、医者にも行ったけど、どうにもならないようだよ。

先生はステッキを突いて、ゆっくりと家の中を動かれた。

――一日中、話相手がいないのでね。

そう言って手渡された厚いノートには、「臨死体験」と題した戦地での体験をはじめ、日々想いを巡らされたことや漢詩などが几帳面な文字で書かれていた。私は、そのノートに、いや矍鑠《かくしゃく》とした片桐先生その人に圧倒される思いだった。

現代の通説として、高齢者の生活の仕方において、仲間と接する機会を持ち、独りにならないようにと言われている。だが、独りであっても人生を充実させる人がある。その人、片桐三樹男先生を、私は我が師としてこれまで以上に深く胸に刻みこんでいくだろう。

《片桐先生に心からのお礼を申し上げてお別れの言葉といたします。》

葛湯

私のふるさと、兵庫県北部の但馬地方は、一月の大寒から節分に至る頃が最も寒さの厳しい時期だった。屋根に迫《せ》り出した雪の陰からガラス棒のような長い氷柱《つらら》が何本も垂れ下がっていた。屋根の雪を降ろすほどの積雪ではなかったが、小学校低学年の私の目には、自分の履いている長靴が脛近くまで沈むときには大雪に思われた。

音もなく牡丹雪の降る日などには、祖母が火鉢で滾《たぎ》っている熱湯を椀に注いで葛湯を作ってくれた。夭折した父の実家は、祖父母と私との三人の生活だったが、たまたま祖母と二人きりになった雪の日の甘美な時間――。そのときの透き通った葛湯の甘さと滑るように口の中で溶けた舌触りは、今でも懐かしく甦ってくる。

温暖な島田市の地も、さすがに寒に入る時期は但馬とは比べものにならないが相当に寒くなる。その寒い夜、私は長いメールを読み終わって不意に祖母の作ってくれた葛湯のことを思い出したのだった。

メールの主は原田奈美さん。市内のデイ・サービス施設に勤めている六十歳の介護士だ。メールには次のように記されていた。

――父が退院しました。病院では治療の手を尽くしたので施設へ移したいとのことでした。

昨年の夏、その病院で亡くなった母のことを父はずっと可哀想だったと言い続けてきましたから、施設を探さずに自宅へ連れて帰りました。夜は私たちが交替で泊まって介護を始めました。夜中に何回かトイレに起こされますが交替で泊まっているので何とか乗り切っています――。

奈美さんは三姉妹の真ん中、それぞれが実家に泊まって父親を介護する。夜も遅くなると、寒さをこらえたりするだろう。そんなときに熱い葛湯でも口にすれば少しは気持ちが休まるのではないか。妻が掛川市の商店に注文をして葛粉を取り寄せてくれた。早速、妻とともに奈美さんの家へ届けた。

途中の公園に、早咲きの白梅が夕闇の中に浮かんでいた。坂道を上がった広い住宅地の山際にある奈美さんの家は、まだ明かりが点いていなかった。

「今夜は実家かも知れないわね」

妻はそう言いながら紙袋をドアの下の薄暗い床に置いた。この床やドアの上のランプ、それにステンドグラスを施した出窓などは、奈美さんの夫の直哉君の好みだ。アメリカで五年間生活した直哉君が身につけた感覚なのだろう。

直哉君が中学一年生のとき、私が担任だった。奈美さんも同じ一年生だったが別のクラスだった。後年、二人の仲人をして以来、長い繋がりが続いている。

二人の長男が三歳、次男が一歳のとき、直哉君はアメリカのデトロイトへ赴任した。英語の苦手な奈美さんは、二人の幼児のこともあって生活に不安を感じていたが、日本人ばかりの社宅生活だったので不安はすぐに消えたという。半年もすると、アメリカの子どもたちの幼児学校に入った長男の方が自分よりも上手に英語を話すと報告してくれたことがあった。

帰国した後、育児の手が離れるようになって、奈美さんは市内の木工会社の事務員として働き始めた。まだアパート暮らしをしていた二人は、早く自分の家を持ちたいという夢を追っていた。

五年ほど経った頃、妻の知人から私たちへ相談があった。それは、普通の住宅を改造して小規模の「宅老所《たくろうしょ》」を造りたい、ついては昔の造りで部屋数も多い妻の実家を使いたいということだった。市内の高齢者施設としては「老人ホーム」があり、「デイ・サービス」施設も徐々に増えていったが、民家を利用した施設は市内にはなかった。

急速に進む高齢化社会の問題は、当時八十七歳で独居生活をしていた妻の母親の今後を考えると他人事ではなかった。

妻と知人は、一年をかけて準備をし、翌年から市内で初めての「宅老所」を開設した。

私も定年退職を迎えた時期だったので、その事業を展開させる様々な準備に携わったが、私たちが重要視したのは介護職員の人柄だった。ハローワークへ依頼はしたが、第一には私たちがよく知っている人に声をかけた。

私も妻も、第一に推薦したのが奈美さんだった。直哉君のアパートに行って二人に話した。

「考えたこともない仕事です」

持ち前の大きな澄んだ瞳をいっそう大きく見開いて、奈美さんは思いがけない話に驚いた。が、その瞳には一条の喜びの光が宿っていた。数日後、奈美さんはこの話を了解した。介護士としての資格はなかったが、奈美さんは介護の仕事をしながら民間の講習会に通ってヘルパーの資格を取得した。優しい性格で高齢者からも慕われ、早い時期に職場の主要なメンバーとなっていった。

直哉君たちは四十代半ばのときに家を手に入れ、二人の男の子も今は既に社会人となって県外で生活している。長男はデトロイトでの体験を生かし、外資系の会社に勤めている。

直哉君と奈美さんは家庭を維持し、子どもが自立するまで育ててきた。人生の坂道を上って峠に着いたのだ。周囲の山々の景色を眺め一息入れた後、ゆっくりと下っていけばいいのだが、そうはいかなかった。新たに現れてきた坂道を再び上らなくてはならなかった。

奈美さんの母親が体調を崩して市民病院へ入院したのは、昨年の七月初旬のことだった。父親は杖を突きながら歩けたが家事はできなかったので、日中はデイ・サービスへ行って夕方からは三姉妹が交替で介護をした。その夜は泊まって、翌朝食事を与えてからデイ・サービスの車に乗せて、そのまま姉妹は仕事場へ行った。幸いなことに長女は実家のすぐ近くに住んでいたので、妹たちは姉を頼ることが多かった。下の妹は隣の町に住んでいたが、実家からは車で十分ほどのところだ。奈美さんも実家までは二十分見ておけば余裕があった。

母親の病状は一進一退を繰り返していたが、八月に入った頃から余病を併発し、盆を過ぎた日に他界した。

母親の入院中、コロナ禍にあって、家族であっても母親を見舞うことに厳しい制限があった。その制限を最も辛く思っていたのは父親だったと奈美さんが話してくれた。

「父は大工だったでしょ。実家は父が建てたんですよ。その家で母を看てやりたかったんです」

父親は、母親を病院で亡くしたことを後々まで悔いていたと言う。それはそうだろう。歩きにくい脚で病棟まで行っても妻に語りかけることも妻の声を聞くことも思うようにできなかったのだから――。

母親の葬儀の席には、娘たちに気遣われ、最前列に座っている父親の姿があった。葬儀が終わったとき、娘たちに腕を支えられて弔問客に頭を下げていた父親に私は伝えた。

「お力を落とされませんように」

届いたかどうか……。今にして思えば、あのときの父親の胸の内には、妻を病院で他界させてしまったことへの深い悔恨があったに違いない。

葬儀場を出ると駐車場の隅に百日紅が午後の重い光を纏っていた。車に向かいながら妻が心配している。

「お父さんにとって娘たちの来てくれることは大きな安心になるけど、奥さんを失ったショックはしばらく尾を引くと思うわ」

妻思いの人であっただけに、私にも父親の喪失感は想像できた。が、私には喪失感に加えてもう一つ気掛かりなことがあった。

それは父親の病状についてだ。残暑の中でピンクの色をいっそう濃くしている百日紅をよそ目に私は思った。昔の傷が消失してしまっておればいいが――と。いつか奈美さんが話してくれたことが私の中ではずっと残っているのだ。

「建築の仕事ではアスベストを使うことが多かったんです。そのことが問題になったのは何年も後のことで、父はアスベストが原因で肺を患っているんだと思います。そこがはっきりしないままになってるんです」

今から十五年ほど前に市内の建築物や民家が調査され、アスベストはすべて撤去されたと私は聞いた。だが、アスベストを取り扱った建築関係者については、全国的な調査や療養問題についての報道には接したが、具体的なことや市内の状況については全くわからなかった。

父親も専門機関での検査は受けたが、アスベストの影響かどうかは不明のままだという。

十二月になって間もなく、父親は母親と同じ病院へ入った。老衰の進行に加えて肺の疾患が重なったのだと、奈美さんは顔を曇らせた。

病院で新年を迎えた父親は、九十歳の人生を積み重ねていた。だが、突然そこに立ちはだ

かった問題は、今の医療機関から介護施設へ移したいという医師からの通告だった。奈美さんのメールには、

——施設を探さずに父を自宅に連れて帰りました——

と、あっさりと書かれていたが、実際には、家庭を維持しながら勤めを持っている三人なので簡単に結論の出せる話ではなかったと後になって聞いた。三人に共通していた強い思いは、病院で亡くなった母のことを可愛想だったと言い続けて来た父親の後悔を二度と繰り返さないようにすることだった。病院では死なせない——、これが三人の覚悟だったと言う。

数日たって奈美さんから葛粉の礼を伝えるメールが届いた。そこには、手紙を書く余裕のないことを詫びた後に、葛湯を楽しみにいただくとあった。続いて車椅子で移動する父親の様子が報告されていた。少量だが食事も摂れ、寒さの和らいだときには家の周りを巡るという。父の表情も気持ちも、とても穏やかだと添えられていた。

暖かい光があたりに溢れて、百花が浮き立つ季節が巡って来た。三姉妹は車椅子の父親を連れて、実家の近くの川沿いに咲いている桜を見に行って来たと奈美さんのメールが届いた。確かに奈美さんの実家から五十メートルほど行った山裾に狭い流れがあった。その流れに沿って桜の木が枝を延ばしていたことを私は思い出した。その桜並木の裏手には、山桜が姿を現してもいるはずだった。

メールは続いていた。

──父と一緒にいることのできる時間、父と話のできる時間が宝物のように大事に思えます。私たち三人とも同じ思いで日々の介護にあたっています。「お父さんの傍にいてやってよ」と言い続けていた晩年の母の言葉を私たちは忘れていません。そして、いつ、どのような事態が訪れても救急車は呼ばないことを決めました──と。

私はしばらくの間、メールの文字に吸い寄せられていた。深く胸を衝かれたまま──。そこには三人の総力をもって父親を抱え込み、父親の最期をも看取るという覚悟があった。特に救急車を呼ばないと決めたことには、ただならぬ覚悟が滲んでいた──。

私は奈美さんたち姉妹の年齢のときには、いざという場合には救急車を頼ることが当然だと思っていた。ところが、七十代も後半になると救急の場合の対処について、それまでの思いとは大きく異なってきた。それは死に対する考え方が年齢とともに、よりリアルになるからだった。従って自分の死に際しての事前の指示書「リビングウィル」も六十代から今日までに三度ばかり手を加えてきた。

救急事態に陥った場合、救急車は要請しない旨を「リビングウィル」に明記したのは昨年だった。理由は、救急措置は救命措置であり、その延長にある延命治療を、もう私は望まないからだ。

意識はあって苦痛が激しい場合があるかも知れない。その場合は緩和ケアセンターに依頼したいが、不可能なときもあるだろう。このような事態では救急車を頼らざるを得ないが、あくまで救急措置にのみ止《とど》めて延命措置はしないこととしたい。このあたりのことは医療機関の状況もわかりにくく、今後の私の課題となっている。

できるなら私は自宅で自然に力尽きたいと願っている。そう――、雪の降る日に葛湯を作ってくれた祖母のように――。

その祖母は、食べ物を口にしなくなってから十日余り、眠ったままに過ぎていった。ときに身動きはしたが、それもしなくなった。町に病院はあったが、往診をしてくれる医師は何も指示をしなかった。八十九歳という年齢のこともあって、家族や親族からすれば寝たままの状態はごく自然だと思えた。積もっていた雪が溶けて嵩が低くなっていくように、祖母の蒲団は徐々に低くなって、やがて枯れていったのだった。

救急車などまだ田舎にはない時代だったが、祖母のような最期の姿は何と自然のなりゆきに叶っていたことかと今改めて思われるのだ。

私は奈美さんに手紙を書いた。「救急車を呼ぶようなことよりも今の時間をいかに大切にするか」とメールにあった三人の思いは、お父さんの最も望んでおられることに違いないと。やや詳しく、救急車を呼ばないつもりでいる私の考えも添えておいた。

奈美さんの置かれている状況を思うと一日でも早く手紙を届けたいと思った私は、直接届けることにした。郵便受けに入れておけば今日のうちに読んでくれるだろう。土曜日の午後、直哉君も奈美さんもちょうど家にいた。

「二人が家にいるのは珍しいねえ」

私はそう言いながら勧められるままに部屋に上がった。

「夕方までは姉が看てくれているんだけど、その後は私が行って泊まります」

「三人のチームワークには感心するね。全く揉め事がないんだもん。うちとは大違い」

しばしば妹と揉める直哉君が、苦笑いをしながらも妻たちの連携プレーを応援している。

「このお茶でよかったら淹れてみてください」

奈美さんがお茶の用意をしてくれた。二人は何回か私の家へ来て、私の我流の淹れ方でお茶を飲んでいた。奈美さんの束の間の落ち着いた時間になればと思いつつお茶を淹れた。

「救急車を呼ばないことに私も賛成だよ。理由はこの中に書いておいたから。これはね、あくまでも私個人の思いだから」

テーブルに手紙を置いた。

「母の最期はそれでも家族を病室に入れてはくれたけど、言葉を交わすことはできませんでした。父とは沢山話をしているんですよ」

「前もって奈美たちのように心の準備をしておかないと慌ててしまうだろうな」

直哉君は湯飲み茶碗を持ったまま、不安そうに呟く。

「三人の覚悟は、お父さん自身に安心感を与えることだし、三人にとっても後悔がないと思うね」

奈美さんは何度も頷いてからお茶を飲んだ。

「ううん……。甘みが広がる……」

両手に湯飲みを挟んだまま、奈美さんは目を閉じている。

今年も近くの林から鶯の声が聞こえてきた。朝刊を取りに出ると、すっかり表情を新たにした萌黄色の雑木林からそのソプラノの声が響き渡っていた。

朝食の支度をしている妻に、鶯の話をしかけたとき電話が鳴った。私が受けた。奈美さんからの父親の訃報だった。落ち着いた手短な電話だったが、メールを送ったと付け加えたときには声を詰まらせていた。

メールは長かった。

――お早うございます。いつも支えていただいたお陰で、最期まで父に寄り添うことができました。深夜、父が旅立ちました。父から何度ありがとうを言ってもらったかわかりません。私たちも何度ありがとうを伝えられたことか。父が最期に美味しいな、と言ってお腹を満たすことができたのは、いただいた葛湯でした。本当に本当にありがとうございました。父の住み慣れた我が家で看取れたこと、この選択が間違っていなかったことは、安らかな父の寝顔が教えてくれました――。

私はガラス戸を開けた。先ほどの鶯だろうか、澄み切った声を高々と響かせている。

妻を伴ってお悔みに行った。時間的に早かったせいか、家には奈美さんと姉だけがいた。

昨夏亡くなった母親が眠っていた位置に父親も眠っていた。実に穏やかな表情をして――。

――この選択が間違っていなかったことは、安らかな父の寝顔が教えてくれました――

とあったメールの一節を私は瞬時に納得した。

「アスベストの影響はあったらしいんですけど、症状としてはわからないままでした」

奈美さんの説明を聞きながら、私は枕許に並べられている大工道具を見ていた。今ではもう見かけなくなった道具ばかりが布の上に置かれている。大小の鉋、小ぶりの金槌、墨入れ、やすりなどだ。

「父の道具箱に入っていたんです。私たちが子どもの頃に見た道具です」

もちろん、私も見たことのある懐かしい道具ばかりだ。それらの傍に額に入った大判の写真が立て掛けてある。奈美さんがその写真を手にして私たちに示してくれた。メールにあった散歩のときの写真だ。上部には満開の桜が枝をかざしており、花の下には車椅子に掛けた父親が微笑んでいる。その父親の両肩と背中に三姉妹がにこやかに寄り添っている。この写真もまた介護の様子を十分に物語っていた。

葬儀が終わって家に帰った私は、おそらく奈美さんの文案によると思われる「追悼のしおり」を手に取った。そこには、鶯の鳴いていた朝のメールと同じ内容が書かれており、次のように結ばれていた。

――いつも温かかった父の背中に「父の娘で本当によかった……」と感謝を伝えながら、

春の空へと送ります。

娘たちより――。

（第62回静岡県芸術祭　朝日新聞社賞受賞作）

著者プロフィール

松田 宏（まつだ ひろし）

1941年横浜市生まれ。2歳より兵庫県に育つ。1963年より静岡県在住。

1987年静岡県芸術賞受賞（小説「雪の重み」）。

著書に『雪の重み』（近代文芸社、1998年）、『随想小品集「桐の小箱」』（文芸社、2009年）、『ふるさとの声』（文芸社、2018年）がある。

河畔散歩

2024年10月15日　初版第1刷発行

著　者　松田 宏
発行者　瓜谷 綱延
発行所　株式会社文芸社
〒160-0022　東京都新宿区新宿1－10－1
電話　03-5369-3060（代表）
03-5369-2299（販売）

印刷所　TOPPANクロレ株式会社

ISBN978-4-286-25706-8